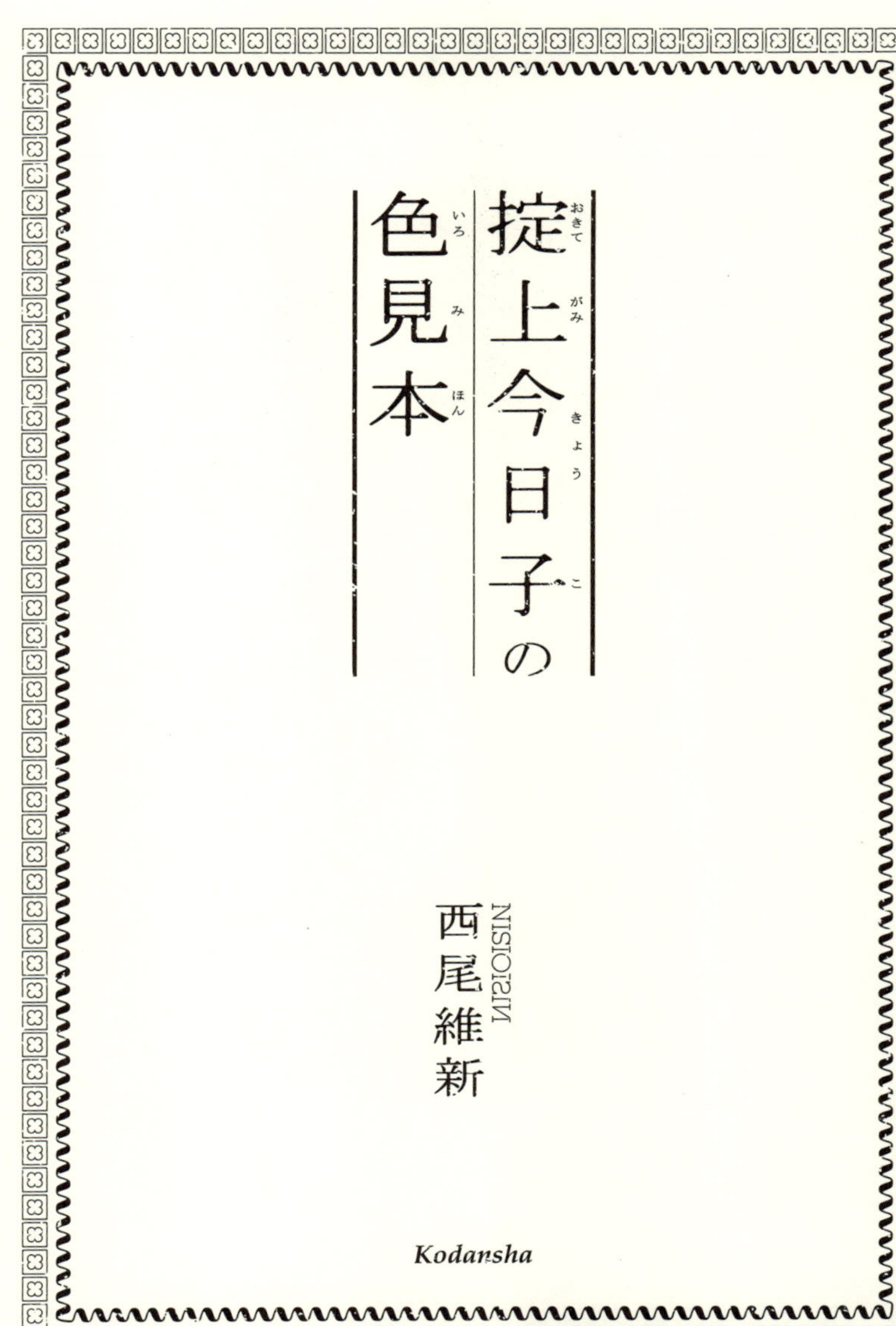

掟上今日子の色見本

西尾維新
NISIOISIN

Kodansha

装画／ＶＯＦＡＮ
装幀／Ｖｅｉａ

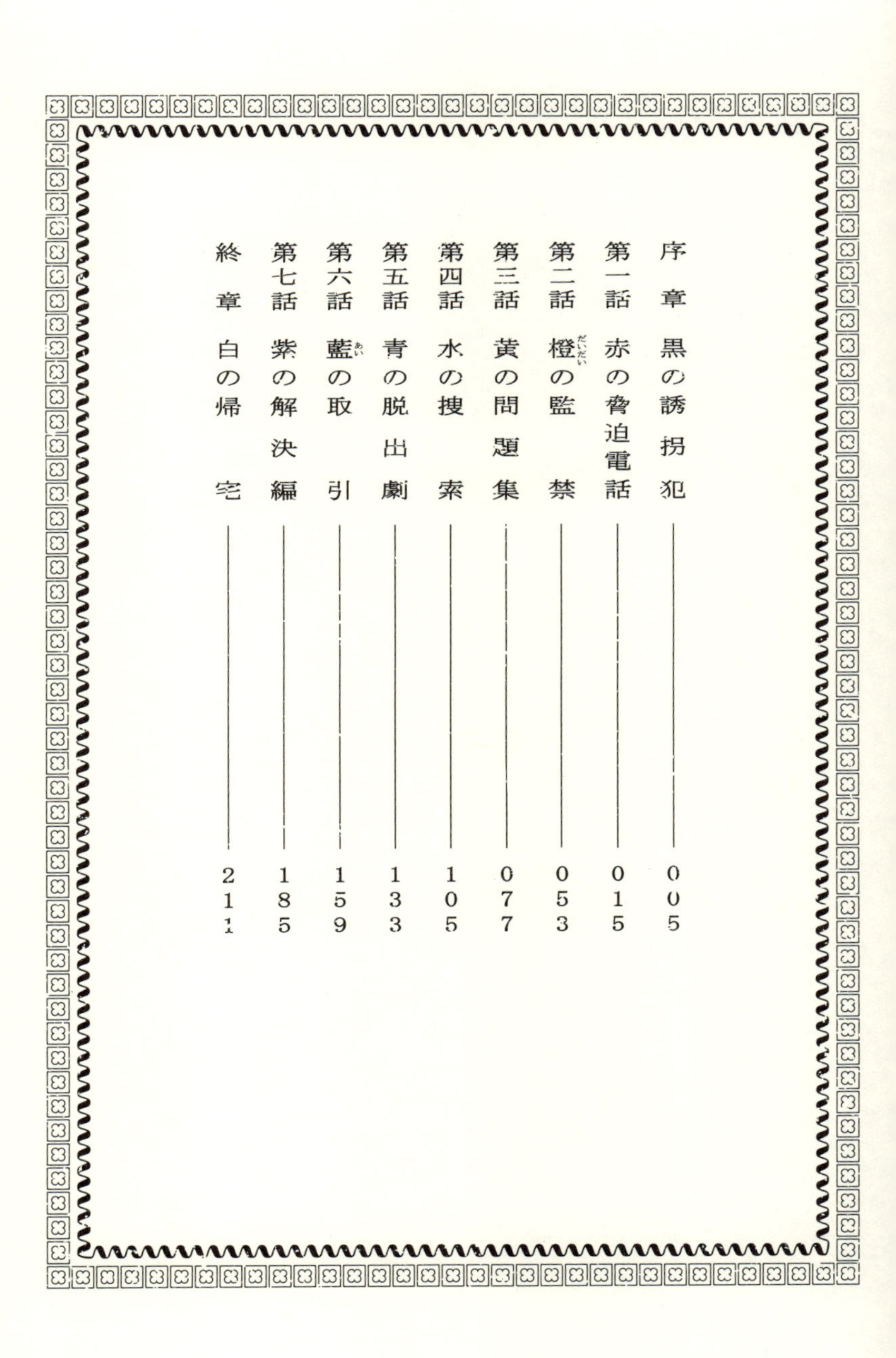

序章
黒の誘拐犯

今日の今日子(きょうこ)さんは、ボーダーのカットソーに黒のサマージャケット、同色のテーパードパンツを合わせるコーディネートだった。足元は底の厚いウェッジヒールブーツ。眠るたびに記憶がリセットされる忘却探偵(ぼうきゃくたんてい)は、その特質にもかかわらず、違う日に同じ服を着ているところを誰も見たことがないという眉唾(まゆつば)な噂(うわさ)は、やはりどうやら本当のようだ——この半年間、彼女、置手紙(おきてがみ)探偵事務所所長、掟上今日子(おきてがみきょうこ)の動向をつぶさに観察した結果、私は今更のようにそう結論づけた。

もちろん私は、今日子さんのファッションチェックのために、半年間、探偵をつけまわしていたわけではない——そんな際どいストーカー野郎と同じにされては困る。さりとて、ならば高尚で文化的な目的があって、その筋では有名な白髪(はくはつ)の名探偵につきまとっているのかと言えば、そうではない……、ある意味では、ストーカー野郎のほうがまだ高尚で文化的かもしれない。

なぜなら私は名探偵を誘拐(ゆうかい)するチャンスを狙(ねら)って、彼女を尾行し続けているのだから——
振り返ってみれば大変な仕事だった。

犯罪計画を仕事と言っていいのなら。

前提として、守秘義務絶対厳守の忘却探偵である——眠るたびに、つまり基本的には一日ごとに記憶がリセットされるから、どんなプライバシーや、あるいは機密情報に関わるような事件を担当しても、それが今日子さんから漏れることはない。必然的に、今日子さん自身の個人情報も、まったくと言っていいほど漏れてこない。

とりあえず事務所にいる間は、手を出せない。手どころか、指一本触れられない。あの建物——彼女の持ちビルである掟上ビルディングは、要塞並みの堅牢さを誇っている。仮に日本全土が焦土と化すほどの刺激的な空襲があったとしても、掟上ビルディングだけは原型をとどめることだろう。

かと言って、仕事中はもっと駄目だ。どのようなクライアントからどのような依頼を受けて動いているか、外部からではまるで推し量りようもない——その特性上、忘却探偵は各地の警察署からも秘密裏に依頼を受けていたりするのである。今だ！　とかっさらいにかかって、隣にいるのが警部さんだったなんて展開だけは、御免被りたい。

つまりプライベート時を狙うしかないわけだ。

狙おう。

そうなると、町を優雅に歩く彼女が、まずはオフかどうかを判別しなければならないが、この区別は、意外と簡単だった——ハンドバッグを持っているときはオフだ。どうやら今日子さんには、事件に臨むときは手ぶらという主義があるようだ——手ぶらでもオフのときはあるけれど、事件現場に鞄を持ち込むことは、原則としてないらしい。ちなみにハンドバッグもファッションの一部なのだろう、都度都度違うものだ。

トータルコーディネート。

そこだけ取り上げても、間違いなくハイクラスの、図抜けたお金持ちである——これまで誘拐されていないのが不思議なくらいだった。誰かに攫われる前に、私が攫わねば。だが、オフならば容易に誘拐できるのかと言えば、生憎、そうは問屋が卸さない。つまり、これまで誘拐されていないのは、特に不思議ではない——オフの日だって、彼女の肩書きは探偵のままであるらしく、周囲への観察は怠っていない。

土台、尾行のプロを尾行しているのだ。その時点でいつ見つかってもおかしくないリスクは冒している——誘拐以前に、うら若き女性を尾行すること自体、この国では犯罪なのだ。言うまでもなく。だが、リスクと引き替えにするだけの値打ちがある。今日子さんには。忘却探偵には。掟上今日子には。

細腕の女性ひとり、力ずくでかっさらえばいいじゃないかと思われるかもしれないが、再三言うように、何せ相手は探偵である。どんな護身術を身につけているか、知れたものではない。バリツだっけ？　一ヵ月程度の調査で、服の（無限の）ローテーションならばともかく、彼女のすべてを知れたわけではない。ファッション重視の彼女が機能的に武装しているとは思えないが、しかしどんな隠し球を探偵が持っていたとしても、言うほど意外でもあるまい。

そもそも暴力は嫌いだ。紳士的にいきたい。

頭を使わねば。探偵と誘拐犯との知恵比べだ。

ところで、『今日子さん観察日記』なんて銘打つとますます変質者じみてくるが、オフ時の彼女はかなり頻繁(ひんぱん)に、異性から声をかけられる——平たく言うと、町を歩いているだけで、異性から口説(くど)かれまくっている(不思議なもので、遠くから観察する限り、仕事中に口説かれることはないようだ。ハンドバッグで区別しなくとも、そばで見たら、雰囲気がはっきり違うのかもしれない。まだまだわからないことだらけだ)。もしも私が彼らのように、自分の魅力に自信があったなら、そんな果敢なチャレンジャー達にこっそり混ざる手もあっただろうが、生憎、私は慎重派だった。人生に対しても、犯罪に対しても。

なので、私からではなく、今日子さんのほうから、声をかけてもらうことにした——そちらのほうが難しいって？　そんなことはない。

ある条件さえ整えば。

必要なのは一台の自動車だった。それも馬鹿(ばか)高い自動車である。

高級車を用意して女性を食事に誘おうなんて言えば、自ら率先して底の浅さを露呈しているようでもあるけれど、私が用意したのは、いわゆる高級車ではない——旧車、クラシック・カーと呼ばれる部類の自動車である。

シートベルトも標準装備されていないような、毎日修理をしないと動かないような、それなのに目玉が飛び出るような値札のついていた、今から五十年以上前に発売された自動車だ——当然のようにマニュアル車で、私はこの自動車を購入するために、免許証の限定解除をしなければならなかったほどだ。

余計な出費がかさむかさむ。

取り返せればいいのだが。取り返さねば。

要するに、価値があることを知っている人には価値のある骨董品にもかかわらず、一般的には、間違いなく、確実に女性の心を打つような車種ではない——むしろ百年の恋も冷めかねない。

だが、たとえこのクルマが単なる中古車でないことを知らなかったとしても、カーマニア以外にも、ひと目見るや否や駆け寄らずにはいられない者達がいて、今日子さんはその中に含まれる。

はずだ。

と言うのも、須永昼兵衛なる推理作家がいて、彼が描いた名探偵のひとりが、（当時なので）颯爽と乗り回していたのが、（今となっては）この旧車なのである——つまり、ルパン三世の熱烈なファンが、ベンツSSKやフィアット500に魅了されるように、須永昼兵衛の読者が、このクルマを見逃すことはない。

今日子さんの探偵としての注意力を逆手に取る形だ——彼女が須永昼兵衛の愛読者であることは、尾行三日目に早くも判明した事実である。カフェで読んでいる本のタイトルと著名をお行儀悪くも肩越しに覗かせてもらった——ちなみに、忘却探偵ゆえに、今日子さんは同じ本をいつまでも繰り返し読んでいるようだ。そこは同じ服を二度と着ないファッションとは事情の違う、ヘビーローテーションである。読み込み過ぎてぼろぼろになった時点で、次の本に移る傾向にある。

とても面白い本を読み終えたとき、『もう一度、何も知らない状態でこの本を読み返したい！』と願うことがあるが、彼女はまさしくそれを実践できるわけだ——『あれ？　この本、もっと面白かったはずなのに、読み返してみると、そうでもないな』みたいな、思い出補正とも無縁である。

というわけで、私は本日、黒いサマージャケットを着た忘却探偵がアフタヌーンティーを嗜むホテルの近くに、タイミングを見計らって、くだんの旧車を路上駐車した——この時点で違法、違法駐車なのだが、定められたルール通りにホテル地下の駐車場に停めてしまうと彼女の目にとまらなくなってしまうので、仕方がない。遵法精神は素晴らしいが、ただただそれに従っていては、誘拐はできまい。

むろん、ホテルのそばに、風景として停車している旧車に今日子さんが気付かない可能性もあった――たぶん、90パーセントくらいあった。探偵は全能の神ではない。気付いても『須永先生は好きだけれど、探偵の乗っているクルマとかには、そんなに』みたいなこともないとは限らない――好みは細分化された上でも多種多様だ。半可通の私が車種を間違えて購入している線もある。似たクルマはたくさんある。

成功は一通りでも、しくじりのルートは無限大だ。

それならそれでいい。そのときは別の手を使う。アプローチを変えて、何度でも挑戦するまでだ。この旧車作戦だって、今日子さんを誘拐するための、最初の試みというわけではない――既にいくつものプランを立て、未遂に終わっている。何案目かなんて振り返ったら心が折れる。そんなぽっきりを考える暇があるなら、次のプランと、次の次のプランだ。無駄な出費を強いられ続けることになるが、最終的に今日子さんを誘拐することに成功すれば、十分どころか百分に、お釣りが来る。

だが、誘拐の神は私に微笑んだ。いや、そんな神がいるとは思えないし、そんなけったいな神に笑いかけられたくはないが。

事実、私に微笑んだのは、旧車の窓をこんこんとノックする白髪の名探偵だった。

「あ、あのあの！　すみません。ぶしつけで申しわけないんですけれど、とても素敵なお車ですね！　助手席に乗せてもらってもいいですか？」

テンション高く、目を輝かせながら、子供みたいにウインドウに張りつく今日子さんに、私は答える。

喜んで。

第一話
赤の脅迫電話

1

「掟上今日子は預かった。返して欲しければ、十億円用意しろ」

受話器の向こう側から聞こえたお決まりの合成音声で、そんな一方的な脅迫を受けた際、僕（親切守）は、どちらのほうにより驚いただろう——雇い主である今日子さんがかどわかされたことか、それとも、要求された身代金の金額か。

普通なら、事件を調査し、解決する立場にある探偵が誘拐されたらしいという逆説的な展開にこそ意表を突かれそうなものだけれど、しかし十億円という金額には、圧倒されるなんてものじゃない——僕のような庶民が思考停止に陥るに十分だ。

思考停止に陥っている間に、電話は切れていた——頃合いを見計らってまたこちらから電話をするとか、当然ながら警察には連絡するなとか、他にも何かありきたりなマニュアルを言っていたような気もするが、まったく頭に入ってこなかった。パニック状態だった。

状況を整理しよう。冷静になろう。事件は始まったばかりだが、一件落着したかのように落ち着こう。

僕は置手紙探偵事務所の従業員であり、金城鉄壁の堅牢なる建物、掟上ビルディングに住み込みで勤務する警備員である——元々は今日子さんがよく通う美術館の警備員だったのだが、いろいろあって、ヘッドハンティングされた。

何かと危なっかしい忘却探偵のボディーガードが業務内容である。このビルのセキュリティの高さはハード面でもソフト面でも世界屈指ではあるものの、やはり生きた人の目も必要だと、いつかの『今日』の今日子さんが、そう判断したわけだ。

ありし日の今日子さんが。

どうしてその『生きた人の目』に僕が選ばれたのかははっきり言ってよくわからないのだけれど、なので、警護対象がどうやら拉致されたらしいというこの事態は、僕にとって不名誉極まるそれなのだった——その恥ずかしさは赤面ものである。いや、この際僕の名誉なんてどうでもいい。

今更クビを恐れない。おっとりしているようでいて、その実雇用主としては、結構横暴な上長である今日子さんに、これまで何度クビにされて来たことか、いちいち計上するのも馬鹿馬鹿しい。

クールに考える。悪戯電話という可能性もある。高い。置手紙探偵事務所の電話番号は公開されているし、その活躍振りから、一部ではそれなりに名前の通っている今日子さんだ。からかってやろうという輩が現れてもおかしくない。……おかしいか、名探偵本人ならともかく、無名の従業員である僕をからかってどうする？

ともかく110番……は、しちゃあ駄目なのか。警察には連絡するなと言われていたような気がする……が、唯々諾々と、僕はその要求に従うべきなのか？

言われるがままに、警察には連絡せず、そして十億円を準備するべきなのか？

そう考えて、こんな非常事態なのに、僕は面白くなってしまう——まるで難解な謎を前に、わくわくせずにはいられない気性の名探偵のように。

十億円って。

それが何桁の数字なのか、咄嗟に見当もつかない……、メジャーリーガーでも誘拐したつもりなのだろうか、脅迫電話の主は。

それに、僕に言われてもという気持ちもあった——こう言っちゃあなんだが、僕にそんな支払い能力はない。住み込みで働いていることもあって、僕は今日子さんから、そこまでの額の給料はいただいていない。かなりの金額が生活費として天引きされている。合法なのかどうか怪しいくらいの天引きだ。

とは言え、仕方のないことなのか。いや、天引きの件じゃなくて。

犯人からすれば、こういうときに脅迫すべき対象が、この僕くらいしかいないのかもしれない——忘却探偵に家族や身内がいるなんて聞いたこともないし、いたらなんだか台無しな感もある。

あまりその点を深く意識したことはなかったけれど、今日子さんに一番近しいポジションにいるのは、ボディーガードであるこの僕なのだった――オフ時の出来事とは言え、彼女の身をガードできなかった以上、僕にボディーガードを名乗る資格があるのかないのかはさておくとして。

ただ、これが仮に悪戯電話ではないとして、まさか犯人も、僕個人の預金通帳に期待しているわけではあるまい――もちろん、狙いは今日子さんの貯蓄に決まっている。

どんな事件でも一日で解決する名探偵。

最速にして忘却探偵。

守秘義務絶対厳守――そんな看板を掲げる置手紙探偵事務所に依頼を持ち込むクライアントには、様々なバリエーションの特殊事情を抱えたかたが多く、その分、料金は上乗せされる傾向にあり、また、今日子さんは『謎さえ解ければお金なんかに興味がない』というような高潔なタイプの探偵ではない。

暴利を貪って(むさぼ)いると言えば聞こえは悪いが、なかなか阿漕(あこぎ)な商売をしている――名探偵としても名は通っているが、守銭奴(しゅせんど)としても名が通っている。クライアントの秘密と同じくらい、財布のお金を守っている。

そんな彼女の財布にこそ、誘拐犯は目をつけたのだろう――間違っても、ボディーガードの財布ではなく。

それにしても十億円？　十億円？　そんな貯蓄が、いかに守銭奴の、金の亡者にして金の奴隷な今日子さんとはいえどもあるのだろうか？　万が一——十億が一、あるにしても、いったいどこに？

2

聞きかじりでうろ覚えな知識によると、営利誘拐というのは、非常に失敗率の高い犯罪らしい。そもそも凶悪犯罪の成功率なんてもの自体、地を這うほどに低いらしいのだけれど、中でも営利誘拐は、成功例がほどんどないそうだ。

探偵ならぬボディーガードの身で恥知らずにも素人考えを披露すれば、要求した身代金の受け渡しの際に、犯人が姿を現さねばならないという点が大きなネックになるのだろう——ことがことだけに振り込みで済ますわけにもいくまいし、現金決済の物理的な接触が必要になり、大抵の場合、そこでお縄になる。

もっとも、この場合の成功とか失敗とか言うのは、あくまでも犯人側から見た価値観であって、被害者サイドに立ってものを言わせていただくと——今まさに、僕がそういう状況なわけなので——人質を取られてしまった時点で、既に十分に痛手を負っている。痛手どころか大いに深手だ——誘拐犯にとっての失敗は、『身代金を受け取れないこと』そして『捕まること』だろうが、その点において、あちらとこちらは合意が形成できない。被害者が望むのは、第一に『人質が無事に解放されること』である。

犯人が捕まっても人質が殺されていれば、人生に降りかかった突発的な危機を乗り越えたとは、とても言えない。ピンチはチャンスだなんてもってのほかだ。

誘拐事件を扱う捜査本部の考えかたは、また違うのかもしれないが——犯罪者に捕らわれた時点で、基本的に人質や捕虜は『死んだもの』としてプランニングするという作戦行動の基軸もあるそうだ——、しかし、ここで問題を更に掘り下げてみると、そもそも営利誘拐が失敗率の高い犯罪だというのは、果たして本当なのだろうか？

よくある統計トリックだが、誘拐事件に関しては、仮にあったとしても、成功例を世間が知ることはないわけだ。

成功例が統計データに含まれない。

内々(ないない)で無い無いに済まされるゆえ。

被害者と犯人との間で、どうあれ取引が成立してしまえば、それが表面化することはない——いや、身柄さえ戻ってくれば、その後おおっぴらに犯人を追っても、もう人質が傷つけられる恐れはないのだから、やはり公表するだろうか？

けれど、その時点で犯人は目的の金銭を入手して、遥か彼方に高飛びしているわけか……、まあ、凶悪犯に誘拐されたことや、言われるがままに金銭を支払ったことを不名誉、または屈辱だと感じ、口をつぐんでしまう被害者も少なからずいることを思うと、ことの成否を、簡単に語るのは無理がある。

たとえ戦争に勝利したとしても、戦死した者にとって、それが慰めになるのかどうか——と言うような話だ。

だいたい、ここで確率について語るのは、無理と言うよりあまりに無意味だ。シュレディンガーの猫じゃないんだから、今日子さんは今現在、何パーセント助かりそうで、何パーセント助かりそうにないなんて論じても、ほとほと不毛である。

百パーセント助けなければ。

あくまでもひとりの従業員であり、親でも家族でもない、友人と言うのも無理がある僕が、そこまでの責任を背負うべきなのかどうかは定かではないが、しかし身寄りのない今日子さん（本当の本当に天涯孤独なのかどうかも定かではないが、少なくとも今日子さんから親兄弟の話を聞いたことはない）を助ける算段が組めるのは、今のところ、ボディーガードの僕だけなのだ。

責任はともかく、罪悪感はある。本来、忘却探偵の身命を守るのが、僕の仕事だったのだから——何度後悔しても足りないように、たとえオフ日であろうと、背後霊のごとくぴったり張り付いているべきだったか。

まあ厳密には僕は、今日子さん本人と言うよりも、掟上ビルディングを守る常駐の警備員なので、ビルの外で起こる事件についてはオンオフかかわりなく管轄外とも言えるのだが（守秘義務絶対厳守の忘却探偵に、眠るたびに記憶がリセットされるわけではない警備員がずっと張り付いているわけにはいくまい）、きっぱりとそう割り切れるほど、情の薄い人間にはなれない。

脅迫電話を受けたのは僕なのだ、ビルディング内の、事務所の電話機にかかってきた脅迫電話を受けたのは——ならば僕は、本件を自分の職掌内だと判断する。

状況を整理する必要もあったし、気持ちを落ち着けたくもあったので、とりあえず僕は日没まで待った——そうしているうちに今日子さんがひょっこり帰ってくるかもしれないという期待もあったが、残念ながら、そんな展開にはならなかった。電話一本ない——今日子さんからの『道に迷ったので迎えに来てください。三十分以内に』という電話も、また、新たなる脅迫電話もなかった。

逆探知を警戒しているのだろうか？　忘却探偵の事務所ゆえに、クライアントのプライバシーを探るような機器は、逆探知装置どころか、ナンバーディスプレイすら設置されていないので、どうか安心してかけてきて欲しいものだけれど――どちらにしても、そろそろ、悪戯電話ではないと判断して動くべきか。

もっとも、僕は習わぬ経を読めるほど、門前の小僧ではない――立ち位置からして、もっとも間近で忘却探偵の活躍に接しては来たように思われがちだから、それなりに捜査・捜索のイロハを心得ていると期待されるかもしれないけれど、僕はむしろ門前払いの小僧だ。先ほども少し触れたが、今日子さんの守秘義務厳守はとにかく徹底しているので、僕は基本的に、事件の中心からは排除されている。

おそらくそういった事件の持つ秘匿的な性質からして、今日子さん本人が誘拐事件解決のためにかり出されたことは一度や二度ではあるまいが、僕はその現場に立ち会ってはいない――なので、こういう場合のとっておきの秘策や、こういうときのための抜け道を、これっぱかしも体得してはいない。

以下の二点を、極めて常識的に考えるのみだ。

①身代金を準備するとして、どう調達すればいい？

②連絡するなと言われたものの、それでも警察に助けを求めるべきか否か？

順番に考えよう。せめて格好だけは今日子さんを見習って、濃いブラックコーヒーでも飲みながら。

当たり前だが、僕が用意できる金額は、十億円の十億分の一くらいだ——いや、十億分の一は大袈裟だが、社会的信用をどれだけ駆使し、後先考えずに借金に借金を重ねたところで、用意できて、まあ、百万円が限度額だ（ここぞとばかりに恨み言というわけではないが、僕は掟上探偵事務所の正社員ではない。非正規職員と言うか、クレジットカードさえ作りにくいフリーランスである）。

もしも誘拐犯の言いなりになって、しずしずと身代金を用意するならば、今日子さん自身の財布から用立てるしかない——まあ、こんなビルを個人所有しているくらいだ、僕よりも今日子さんが貧しいということはなかろう。身を削って僕に給料を払ってくれているとはとても考えられない。

と言うより、この掟上ビルディングを居抜きで売り払えば、たぶん十億円くらいにはなるんじゃないだろうか？

もっとも、正社員でもない僕が（しつこい？）、警護対象のビルを勝手に売り払うわけにもいかないが……、それでも、この事務所（僕の住所でもあるので、より売り払うわけにはいかない）は、今日子さんの個人資産の裏打ちになる。

十億円とは言わないまでも、あれだけバリバリ働いている今日子さんの貯金額は、想像以上に相当なものなんじゃないのか？　身代金十億円なんて、絵空事を通り越して、とても本気とは思えない荒唐無稽な要求額は、それを見越してのものなのでは……、ありそうな線だ。

となると、犯人は今日子さんのことを熟知しているのかもしれない。そうでなければ、こともあろうに名探偵を誘拐なんてできまい——どんな手を使ったか知らないが、入念な下調べがあったものだと思われる。

個人経営であり、対外的にはひとり暮らしだと思われている今日子さんの、自宅兼事務所に電話してきたのも、僕という無名の警備員の存在を把握していたから……？

現金の調達役として、僕に白羽の矢を立てたのだとすると、ちょっとぞっとする——まさか犯罪計画の一部に自分が組み込まれているなんて。

だけど、誘拐犯にも手抜かりはある。必ずしもそれが救いになるわけではないが——僕という男を見誤っている。

いや、これは僕が脅迫に屈しない鉄の精神の持ち主だという意味ではなく、たぶん犯人は、事務所に住み込んでいるくらいなのだから、今日子さんが、どこでどんな風に資産を運用しているのか、僕はすべてではなくとも、ある程度は把握していると読んだのだと思われる——そんなことはまったくない。

悪かったね。

今日子さんの潤沢な（？）財産が、どの銀行に預けられているかなんて、僕は一行さえ知らない――そもそも銀行に預けているのだろうか？　忘却探偵なのだ、預けた銀行や口座を忘れてしまっては目も当てられない――そもそも置手紙探偵事務所がきちんと法人として登録されているかどうかも怪しいものだ。

　僕の知る限りにおいて、今日子さんはすべての仕事を、明朗会計の現金取引でおこなっている……、タンス預金？

　でも、今日子さんのタンス、と言うかクローゼットは、お洋服でぎゅうぎゅうのはずである。さながら服飾美術館のごとしだ。

　では、現金を貸金庫に預けている……、それでも忘れてしまったらおんなじか？　誰か信用できる（僕以外の）人間に預けている……、いやいや、基本的に忘却探偵は、誰も信用していない。ボディーガードも、警察関係者も、依頼人も。そこは徹底している、人間不信と言ってもいいほどに。となるとやっぱり、一番安全な資産の保管場所は、このビルディング内部ということになる。堅牢さで言えば、ミサイルを保管しても問題ないレベルの不動産だ。タンス預金ではないにしても、空き部屋はいくつかある――なにぶん想像力が貧困なもので、十億円というのがいったいどれくらいのサイズ感になるのか見当もつかないが、よもやビルよりもかさばるということはなかろう。

　当てもなく探すには、ビルディング内はむしろ広大過ぎるくらいだ――十億円の宝探し？

正気か？　僕はそんなことをしなくちゃいけないのか？

家主の許可もなくそんな勝手な真似をして、あとで今日子さんから訴えられる可能性は、まあ措くとしても……、それこそ宝探しよろしく、トラップが仕掛けられている可能性もある。

たとえば僕は、このビルディングに引っ越してきたとき、今日子さんからこんなことを言われていた。

「自分の家だと思って、伸び伸びと暮らしてくださいね。留守はお任せしますので、シャワーなどもご自由に使ってください。ただし、私の寝室にだけは絶対に這入らないでください。這入ったらあなたを完全犯罪で殺害します」

……名探偵から笑顔で殺害予告を受けた登場人物というのも、ミステリー史上そうはいないだろうが、ドアや扉を開けた途端、機械仕掛けで矢が飛んでくるたぐいの物理トリックが仕掛けられているかもしれないと思うと、迂闊な家捜しもできない。

伸び伸びなんてできるものか、常に緊張を強いられる職場である……、ふむ、金策については早くも行き詰まった感がある。

一万円札を十万回コピーしたほうが、まだ安全かもしれない。

こういうとき、他の名探偵ならば、これまで依頼を引き受けていた上得意の富裕層が、一時的に金子(きんす)を用立ててくれるというような、夢みたいな展開もありうるのだろうが、なにせ忘却探偵だ、顧客名簿もない――金田一耕助よろしく、探偵業を営む上でのパトロンがいたとしても、情報が遮断されている僕の権限では連絡の取りようがない。

連絡か……、では身代金のことは後回しにして、課題②の、警察に連絡するかどうかも、そろそろ決断しなければ。

テレビドラマで誘拐劇を見るときや、あるいは実際の事件報道に触れるときでもだが、第三者視点で判断するなら、どう考えたって警察に助けを求めるべき局面だ――それはわかっている、判断を迷う余地はない。組織的な捜査に委(ゆだ)ねれば、人質が無事戻ってくる見込みは飛躍的にアップする――だが、こうしていざ当事者になってみると、なかなか理屈通りには踏み切れない。

誘拐犯の要求に背いて、勇気を奮って警察に連絡したことで、人質が傷つけられたり、人質が帰ってこなかったりすることを、やはり恐れずにはいられない――小心者の僕に限って言えば、責任回避の気持ちも、ないとは言えない。身代金のこともそうだが、悪党の言いなりになっているうちに最悪の結末を迎えたならば、その責任はすべて悪党に帰(き)すだろうが、僕が僕の判断で、変にあちらからの要求に逆らえば、それが原因で今日子さんの身が危うくなるかもしれない――そう思うと勇気を奮おうにも我が身が震えてしまって、マニュアル通りの対処ができない。自分よりも犯人を信用するのが、正しいとはとても思えないのに。

富裕層の依頼人の連絡先は（実在するのかどうかも含めて）知らないが、警察からの依頼なら、僕が何度か取り継いだこともある——通報の前段階として、そういう刑事さん達に相談してみるというのはどうだろう？

個人的に相談に乗ってくれるかも……、いや、組織人である以上、そして常識人である以上、相談を持ちかけても、すべてを警察に任せるべきだと極めて真っ当に説得されるだけだろう。

踏ん切りをつけられずにいる優柔不断な僕としては、それが一番望ましいとも言えるが、けれど重要な決断を他者に委ねているようで、いささか心苦しい。

当然警察は、忘却探偵ほど理外の徹底はできないにせよ、秘密裏に捜査を進めてくれるだろうし、もちろん報道協定も結ばれることだろうが、用意周到であろう誘拐犯が、このビルディングに見張りを立てていないとは限らない——誘拐犯は、誘拐団かもしれないのだ。

せめてもうワンクッション、手順に保険を挟めないものだろうか……、用意周到な犯人に、用心は怠れない。できることの少ない僕だからこそ、できる限りのことはしたい。できるはずだ、できる限りのことなのだから。

と頭をひねり続けたところで、僕はひとつの天啓を得た——そうだ、彼ならば。

たとえ誘拐犯が、どれほどの下調べを、余念なくおこなっていたとしても、忘却探偵に関しては、それを上回る知見を持つ専門家がいるのだ——彼ならば、あるいはこの袋小路の突破口となるアドバイスをくれるのではないだろうか。

そう、忘却探偵の専門家、どんな富裕層よりも足繁くこのビルディングに通っている、いわば置手紙探偵事務所一番のお得意様、隠館厄介ならば。

3

「なるほど、得心いきました。そういうことでしたら、僕に助言を求められたのは、ずば抜けて正しい選択ですよ、親切さん。僕くらい今日子さんのことを知り尽くしている人間はいませんからね」

なんだか腹の立つ受け答えではあったが、隠館氏とのコンタクトは、あっさり成立した——事務所の電話から彼の携帯電話に発信すると、「もしもし、今日子さんですか?」と、ワンコールで飛びついてきた。

クライアントと言うよりストーカーみたいながっつきようである……、もっとも、だからこそあっさりコンタクトが取れたとも言える。

僕が個人的に作成している、置手紙探偵事務所の脅威となりかねない危険人物名簿に、彼のフルネームと住所、連絡先が記されているからだ――そうでなければ、普通、クライアントのデータは廃棄される。

忘却探偵ゆえに。

助けを求めておいてなんだが、白状すれば、誘拐犯は彼なんじゃないかといぶかしんでいたほどだ――第一声のリアリティからすると、その疑いは九割九分払拭してよさそうだったが、なにせ今日子さんを崇拝するあまり、置手紙探偵事務所に履歴書を持ち込んだくらい、熱意あふれる青年である。

普通に断られていたが……。

まあ、先天的に冤罪体質である隠館氏は、今日子さんに何度も窮地から救われているので、崇めたくなる気持ちもわかる……、わかるけれど、それでも『忘却探偵の専門家』として名をなすところまで達すれば、やや行き過ぎである。

新しい就職先は決まったのだろうか？

そんな心配も頭をもたげる。

とは言え、なんとも情けないことに、今はそんな彼を頼るしかないのも事実だ――彼ならば、あるいは今日子さんの隠し資産（？）がどこにあるのかも、すべて把握しているかもしれないのだ。

「そう言えば、親切さん。あなたとこうしてじかにお話をするのは初めてですね。間接的に、お世話になったこともあると聞いています。今日子さんから聞いています。その恩を返すときが来たと考えましょう」

まだ若いのに、妙に芝居がかった喋りかたをする青年だ。『お世話になった』という言葉については、確かに身に覚えがあったが、『こうしてじかにお話』した印象を忌憚なく述べさせていただくと、ここまでの奴だと知っていたら、助け船は出さなかったかもしれない――こんな不審な性格だったら、そりゃあ冤罪ばかりかけられるよと、実際に話してみて少し思う。だが、そんな後悔はおくびにも出さない。僕は大人だ。

それに、本当のところ、僕は背中を押してもらいたいだけである。今日子さんの身を案じることにかけて、まだ付き合いの浅い僕なんかとは年季が違う隠館氏ならば、「何をもたもたしているんですか、親切さん。僕も捜査に協力しますから、すぐに警察に連絡してください」と、言ってくれるはずだ。

求めていたのはそんなアドバイスである。

ところがさにあらず。彼はこんなことを言い出した。

「警察には絶対に連絡しないでください」

は？　何を言い出すんだこの不審者は？

「そして言いなりになった振りをして、まずは十億円を用意しましょう」

やっぱりこいつが犯人じゃないのかと、僕は身構える——『言いなりになった振りをして』なんて、まるっきり詐欺師の言い分じゃないか。『騙されたと思って』みたいな、典型的な常套句だ。

僕は今、劇場型の詐欺に遭っているのだろうか……、それとも、忘却探偵への探偵愛が深過ぎる隠館氏は、僕よりも一層、通報を躊躇ってしまうものなのだろうか。

だが、隠館氏は、僕とは別角度からの発想で、通報を思いとどまるべきだと言っているらしかった。

「名探偵が誘拐されたというだけでも十分に屈辱的な事態なのに、脱出にあたって警察を頼ったとなると、今日子さんの探偵としての評判に傷がつきます。それだけは避けないといけません」

探偵愛が深過ぎて怖い。とんでもない奴にアドバイスを求めてしまった。だが、その着想を与えられてしまうと、置手紙探偵事務所の（非正規）職員としては、考慮せざるを得ない——仮に今日子さんが無事に帰ってきたとしても、有り金をはたいた上に事務所の経営が立ちゆかなくなったとすれば、名探偵が路頭に迷ってしまいかねない。

もちろん、それだって最悪の展開ではない。最悪は今日子さんが帰らぬ人となることだ

――現時点でそうなっている可能性も、ないとも言えない。

狼狽し、そこまで頭が回らなかったが、脅迫電話を受けた時点で『声を聞かせて欲しい』とかなんとか、そういう返しをするべきだった――なかなかドラマツルギー通りには振る舞えないものだ。

僕がそんな危惧を口にすると、

「いえ、大丈夫でしょう。大丈夫どころか、今日子さんのことですから、誘拐犯と渡り合い、自力で脱出するのではないでしょうか。なので親切さん、あなたがするべきことは、時間稼ぎです」

と、如何にも今日子さん専属のコメンテーターらしい発言が戻ってきた――戻ってきて欲しいのは今日子さんであり、そんな独創的な指南ではないのだが。

なんて絶大な信頼なのだろう。

普段から間近で今日子さんの、仕事以外の部分にじかに接している者としては、あまり賛意を示せない信頼ではある――それはさておき、隠館氏には、僕が住み込みで働いていることは伏せておいたほうがよさそうだ。

冤罪じゃなく殺されてしまいかねない。

しかし、時間稼ぎと言われても――時間稼ぎの費用が十億円とはべらぼうである。

「実際には支払うことのない見せ金ですよ。それに、十億円でなくても、極論、用意するのは一億円くらいで構わないと思います。相手もまさかそんな法外な額を、本気で手に入れようとは思っていないでしょう――最初にふっかけて、マウンティングした上で、のちに妥結するというプランなのでしょう」

犯罪者の手口に詳しい。こういうところだ、冤罪体質の象徴は――一億円が安価なわけがないけれど(十億円に比べればそうだと思わせてしまうところが、犯人の巧みな思惑なのか)、人間の命の代金だと考えれば、今日子さんに限らず、本来、それでも安いくらいだろう。

とは言え、よかった一億円ならば僕が肩代わりできる、なんてとんとん拍子にはならない――結局は、今日子さんの貯蓄を、無許可で切り崩さざるを得ない。

お金にうるさい名探偵のことだから、勝手に使った必要経費は、あとで僕の負債にされかねないけれど、なにせ非常事態だ――その場合は、隠館氏にも改めて協力を願おう。借金は道連れだ(連帯保証人?)。

まあそれはあくまであと(の祭り)でのことだ――今は、できる限りの額の身代金を用意するとして、今日子さんの隠し資産(?)が、いったいどこに隠されているのかだ。そこに話が戻る。

この調子なら、忘却探偵マニアの隠館氏は、あるいは今日子さんの金庫がどこにあるのかも、知っているのでは？

「まさかまさか。さすがにそこまでは存じ上げませんよ。買いかぶらないでください。今日子さんがいつも靴の中に一万円札を隠していることまでは知っていますけれど、どこに財産をプールしているのかまでは」

靴の中に一万円札を隠していることを知っているだけでも十分だ——十分に犯罪的だが、それを知っているのなら、この際、全財産をどこにプールしているのかも知っていて欲しかった。

万事休すか。

手当たり次第にビルディング内を捜索するしかない——ところで、警察に通報するわけにいかない理由がもうひとつできた。今通報すると、隠館氏が逮捕されかねない。弊社が上得意を失いかねない。

「ただし、専門家としてヒントを差し上げることはできます。本来なら、僕が掟上ビルディングに駆けつけ、家捜しをお手伝いしたいところですが、建物が見張られている可能性を危惧するならば、離れたところからアドバイスをするしかできませんので」

あなたのような不審者に、家主不在の折、敷居をまたがせたら、それこそボディーガード失格だと、喉（のど）のところまで出かかったが、ぐっとこらえた——なぜなら、ヒント。

とっかかりのない現状、それこそが僕が求めてやまないものだった——喉から手が出るほど欲しかった。

依頼人として何度もビル内を訪れている隠館コメンテーターは、特定はできないにせよ、財産の隠し場所の見当をつけていたのだろうか……、だとするといよいよ本物の犯罪者めいているが、僕がまだ住み込まない頃、僕が雇われる以前に、今日子さんから何か聞いていたという可能性もある。今日子さんだって、失言はするだろう。あの人は意外とうっかりさんだ。

どこだろうな。

やっぱり、僕が立ち入りを禁止されている寝室かな？

「いえいえ！　寝室にだけは絶対に這入らないでください！　殺されますよ！」

殺されかけたことがあるかのような慌てっぷりだった。さっきまでの重鎮コメンテーターっぷりが嘘のようだ。

「その寝室には、その部屋には何もありません。特に天井には何もありません。絶対に立ち入らないほうがいいです。おすすめです」

寝室の天井に何かあるとしか思えない物言いである——ひょっとして寝室の天井裏に大金を眠らせているのだろうか？　それを見上げながら眠りについているのだとすれば、眠るたびに記憶がリセットされる忘却探偵のイメージが激変する。

ある種イメージ通りとも言えるが。

「女性の寝室に無断で這入るなんて、紳士の風上にもおけませんよ、親切さん」

あなたに言われたくないと、苛立ちと共に思わないでもなかったが、先人の知恵として受け取っておくことにした――まあ、言っていること自体は至極まっとうだ。

また、『絶対に這入らないで』なんてのたまった場所に現金が隠してあるなんて、ミスリードとしか思えないそのまんまさである。大胆不敵とも言えるが……。

じゃあ、どこが怪しいと、隠館氏は思うのだろう？

「生憎ですが、僕には見当もつきません。僕程度の者に情報を漏らす今日子さんではありませんよ」

なぜかそんな台詞を、彼は誇らしげに言うのだった。そしてこう続けた。

「だけれど、彼女はあらゆるトラブルを想定している節があります――もしも自分が犯罪被害に遭った際に、親切さんが立ち往生するようなことがないよう、伏線を張ってくれているはずです」

伏線？　つまりそれは……、不慮の事故で、あるいは犯人の策略にハマって、捜査の最中に記憶を失ってしまったときに備えて、あらかじめ左腕の地肌に直筆の備忘録を残しておくとかの、例のあれか？

『私は掟上今日子。探偵。白髪、眼鏡。二十五歳。

置手紙探偵事務所所長。

一日で記憶がリセットされる』

……確かに、財産の隠し場所を忘れないよう、どこかにメモを残しているという可能性は高い。財産そのものではなく、そのメモこそを探すべきだということか？

「いえ、この場合はもっと直接的なことです。思い出してください、親切さん。きっと今日子さんは、あなたにそれとなく言い残しているはずです。守銭奴だからこそ、備えているはずなんです。緊急時、非常事態のときに使える一時金を」

言い切るものだ。愛をもってしても、守銭奴は守銭奴なのだと、どうかすると妙な点に感心してしまいそうになるが、確かに、それが誘拐かどうかはともかく、犯罪のかたわらで仕事をすることになる名探偵は、自身のディフェンスにも気を配らねばならない。

この堅牢なビルディングしかり、僕という生きた人間を雇っていることもしかり——ならば、こういった不測の事態を想定していないと考えるほうが不自然だ。

……と、隠館氏は言いたいらしい。

どうかなあ、今日子さんって抜けているところもあるから、案外あっさり誘拐されてしまいそうな気もするのだけれど——しかし、ここは専門家の所見に従うのが吉だろう。

たとえ彼がどのような人間であれ、苦境にある僕からの相談に、真剣に取り合ってくれたことだけは間違いないのだ。ないがしろにはできない。ありがとうございます、今日子さんが無事に戻ってきたときには、必ず隠館さんの功績をお伝えしますのでと、僕は電話機の向こう側に向けて、深々と頭を下げた。

「いいんですよ、忘れてもらって」

僕からの謝辞に、忘却探偵ファンの鑑（かがみ）のようなことを言う隠館氏。

「では、そろそろ取調室に戻らなければならないので、これで失礼しますね。なあに、慣れたものなので、ご心配なく」

どうやら僕はどこかの警察署内で取り調べまっただ中の被疑者に助けを求めてしまったらしかった——見張りがいようといまいと、僕が敷居をまたがせようとまたがせまいと、どのみち彼が、家捜しを手伝うことはできなかったわけだ。

今日子さんが不在の折、貫禄（かんろく）さえ感じさせる冤罪体質の専門家に、ベストな探偵がついてくれているといいのだが……、ニアミスを重ねていた彼と、ようやくこうして話せたが、対面するのは、またの機会になりそうだった。

4

「自分の家だと思って、伸び伸びと暮らしてくださいね。留守はお任せしますので、シャワーなどもご自由に使ってください。ただし、私の寝室にだけは絶対に這入らないでください。這入ったらあなたを完全犯罪で殺害します」

結論から言えば、今日子さんのこの、脅迫めいた歓迎の言葉がキーワードだった……、言われなければ気にならない程度のネックだったが、しかし言われてすぐに思い出せたということは、やはりそれなりに引っかかってはいたのだろう。

伏線。

中でも違和感があったのは、『留守はお任せしますので、シャワーなどもご自由に使ってください』という一節だ――紛れているとすんなり聞き流してしまうし、またついつい聞き逃してしまいそうになるが、改めて検証してみると、やや論理が飛躍している――『留守を任せる』ことと『シャワーを自由に使うこと』とは、それぞれ独立していて、繋がってはいない――もしも繋がっているとすれば？

いざというときのためのお宝は、シャワールームに隠されているということにならないだろうか――普通は出てこない発想である、そんな水気の多く、かつ気密性が高い場所に、捜し物が隠してあるとは思えない。ただ、一度着想してしまえば、だからこそ盲点だとも言える。

僕は思いつくや否や、捜索を開始した——藁にもすがるような気持ちだった。シャワールーム——厳密にはバスルームである。今日子さんこだわりの、お洒落なバスタブが設置されている——これに関しては寝室と違って許可が下りているとは言え、家主の不在中にバスルームを這い回るというのは、なんだか隠館氏や誘拐犯のことを何も言えなくなるくらい、変質者めいた真似だった。

ここで躊躇し、遠慮しているようでは、探偵には向いていないのだと思われる——ただ、そんな努力もむなしく、すぐさま何かを発見できたということはなかった。

やはり気密性の高いその空間は、ものを隠すようなスペースがほとんどなかったので、換気扇の裏とか、排水パイプの中とか、さながら大掃除でもしているかのように穿り回したけれど、成果は上がらなかった——ぴかぴかになった程度だ。

大掃除をしてどうする。

再び僕は頭をひねる羽目になる。向いていない頭脳労働をすることになる——勘違いだったのだろうか？　僕は今日子さんのなんてことのない発言から、無理矢理意味を見出そうとしてしまっているだけだろうか？　ちょっとした瑕疵を、大袈裟に解釈しようとしているだけなのだろうか——いや、待て待て。

瑕疵と言うなら、もうひとつ。もうひとつ取れる揚げ足がある。

シャワールーム——厳密にはバスルーム。

厳密にはバスルームなのに、今日子さんはどうして、『シャワーなどもご自由に』と表現したのだろう？　『お風呂などもご自由に入ってください』でもよかったはずだ……、なぜシャワーにフィーチャーした？　お前のような身体のでかい男がバスタブを使うとお湯が溢れて勿体ないという意味合いだったかもしれない——けれど、今日子さんがけちんぼなのは、あくまでお金に関してだけで、湯水に関して、過度な制限をかける性格ではないはずだ。ならば、バスタブを使っちゃあ駄目なんじゃなくて、僕はここで、シャワーに注目すべき必要があったのか？

とは言えシャワーなんてバスタブ同様、普段から普通に使わせてもらっているそれであり、特に特徴のある器具ではない。水圧のレバーと温度調整のレバーがあって……、そのふたつのレバーの角度によって姿見の中から隠し金庫が現れる、みたいな、さながらスパイ映画のような展開も期待したけれど、残念ながら鏡はただの鏡だった。

徒労だった。なんてことだ。

一秒一刻が貴重なこんな日に、無駄な時間を過ごしてしまった……、どんな事件も一日で解決する忘却探偵は、普段からこんなプレッシャーと戦っているのかと思うと、横暴な雇い主の偉大さを、嫌でも思い知らされることになった。

頭をひねるにも限度がある、こんなことを続けていれば首がねじ切れてしまう――洗い場のタイルにしゃがみ込み、そう絶望したところで、はたと思いついた。頭をひねる。これは単なる比喩表現だ。今日子さんからそれとなく匂わされたわけでもないし、隠館氏からヒントをもらったわけでもない――ただの言葉だ。

うんうん唸って考えるときに、実際に頭をひねる奴はいない――頭を抱えることはあっても、頭をひねる奴はいない。

だから単なる偶然だ。と言うより奇蹟だ。

無駄な努力の積み重ねが奇蹟を生むのだと、なるほど、場合によっては非効率だと思っていた今日子さんの網羅推理――手当たり次第、思いついたことは全部する探偵術――の、有効性を、僕は我が身をもって知ることになった。

具体的に言うと、きっちり固定されているようでいて、シャワーという器具は、レバーで隠し金庫みたいなシステムを求めるまでもなく、分解できる仕組みになっている――シャワーヘッドだ。

ひねれば外れる、シャワーヘッド。

内部は当然、空洞になっている——その中に何かが隠されているのではという推理は、気付いた瞬間には、それが正解に違いないと確信するに十分なものだった。

ただ、そんな急いた気持ちとは裏腹に、ゴール到達までにはもうワンステップ踏まなければならなかった——正確にはツーステップ。

シャワーヘッドを取り外しても、その中は空っぽだった——空洞。ぶんぶん振り回しても、何も出てこない。

見当違いの方向へまっしぐらに走ってしまったかと、今回は絶望というより、気恥ずかしい思いに取り憑かれたが、今日子さんはただ『シャワー』と言ったのではない——『シャワーなどもご自由に』使ってくれていいと言ったのだ。

ここまで来ると、もう考えての行動でもなかった——単なる閃きと言うか、ほぼ反射である。

僕はその状態のままで、レバーをひねった——当然、シャワーヘッドが外されたホースから、細かく分散されないまま、塊のままの水流がごぼごぼ放出される。

考えなしでそうしたので、当然、僕は服を着たまままずぶ濡れになった——間抜けと言って差し支えのない大惨事だったけれど、しかしまったく気にならなかった。

その水圧によって、ホースの内部から押し出されてきた、くるりと丸められた一枚のペーパーを発見したのだから。

これはあとから知ったのだが、水の中でもふやけない防水ペーパーや、水に浸かっても書いた文字が滲（にじ）まない防水ペンなんて文房具が、現代は普通に売っているらしい。

そんなグッズが、シャワーホースの内部に仕込まれていたのだ……、普段、シャワーヘッドがフックに引っかけられた状態では、重力に従い、吊り下がったホースの奥深くに隠されていて、なのでただシャワーヘッドを外しただけではこのペーパー、まず見つけられない。

シャワーヘッドを外した状態でシャワーを使ったときに初めて、見つかる『お宝』というわけだ——二段階認証みたいなものだ。もちろん、そんなスペースに隠せるのは先述の通り、丸められ、輪ゴムで止められたペーパー一枚程度のものである。

つまり、三段階認証。

防水ペーパーに防水ペンで書かれていた単語はこうだ——『ＨＥＡＤ』。

『ＨＥＡＤ』？

今日子さんの直筆である。さすがに同じ建物の中で暮らしていれば、筆跡鑑定くらいはできる——ヘッド。また頭か？

いや、これは引っかけだ。ミスリードと言うか——僕なんかには想定しにくい可能性ではあるけれど、たまたまビルディングに侵入してきた空き巣が、たまたまシャワーヘッドを取り外し、たまたまホースの内部を調べようとする、たまたま蛇口をひねる可能性は、ゼロとは言えない。

まず冷蔵庫の中を物色するこそ泥がいるように、まずシャワーホースの中を物色するこそ泥もいるかもしれない——ミステリードラマのスタッフロールだけを見て犯人を当てようとする視聴者がいるように、謎解きの過程を経ずに答に辿(たど)り着く者の存在を、現実の出題者は警戒しなければならない。

まあ、今日子さん自身、そういう直感派なところもあるからこその用心なのかもしれないが……、もう一度思い出してみよう、今日子さんの台詞を。

「自分の家だと思って、伸び伸びと暮らしてくださいね。留守はお任せしますので、シャワーなどもご自由に使ってください。ただし、私の寝室にだけは絶対に這入らないでください。這入ったらあなたを完全犯罪で殺害します」

ヒントの一節を自然に紛れ込ませるために、前後でいろいろ言っているのだと思われるが、あえて自分の寝室に言及していることを、こうなるとピックアップしたくなる——隠館氏に言われるまでもなく、女性の寝室に勝手に這入るなんて真似は、常識的にできない。たとえどんな非常事態であろうと、抵抗がある……、だからこそ、隠し財産（？）の隠し場所に相応(ふさわ)しいとも言えるけれど、それで本当に、天井裏に現金が詰め込まれていたら、大胆と言うよりただリスキーだ。

それこそ、こそ泥が一番最初に探しそうな場所だ――だけど、逆に言えば、今日子さんが『這入らないで』と禁じたのは、『私の』寝室である。

それ以外は『自分の家』だと思って、『伸び伸びと暮らして』いいと言った――『今日子さんの寝室』ではなく、『僕の寝室』なら、調べ放題だ。

つまり『ＨＥＡＤ』は『ＢＥＤ』。

わずかにズラした、暗号とも言えない『誤植』だった――ミステリー的にはアンフェアだし、潔癖性のトレジャーハンターには認められない『宝の地図』だろうが、あえて強引に解釈するなら、頭文字の濁点の部分を、シャワーホース内の水滴で表現したとも言える――つまり『ヘッド』は『ベッド』だ。

僕は濡れ鼠のまま自室に取って返し、すぐさま備え付けの寝台の解体作業に突入した――これは完全に力業である。

力業と言うより荒技だ。

えいやっと、マットレスごとベッドをひっくり返した――ゴリラになった気分で、後先考えず。今夜どこで寝るかも考えず。一定のサイズを超えた金庫は、その重さ自体がセキュリティになるとのことだが、住み込みの警備員にしつらえるにしてはあまりに重厚な寝台は、必ずしも手厚い福利厚生というわけではなかったのだろうか。

これでお出ましになったのがまたぞろ何もない空洞だったら、僕の心も空っぽになっただろうが、果たして、登場したのはふたつのアタッシェケースだった――鍵はかかっておらず、開けてみると、どちらにもぎっちり現金が詰め込まれていた。

十億円とは言わないまでも。

ざっと二億円はありそうだった。

……天井裏に現金を隠して、それを眺めながら眠りについているのだとすれば、今日子さんはとても悪趣味な人だみたいなことを思ったが、僕は毎夜毎夜、こんな大金の上で惰眠を貪っていたのか……、なんてセキュリティだ。

まあ、シャワーホースの中身をいの一番に確認しようとする勘のいいこそ泥は想定できても、警備員が眠るベッドの下を、まず探ろうとする勘のいいこそ泥――勘の悪過ぎるこそ泥は、到底いまい。

しかし、本人に自覚のないまま、こんな大金の警護を任せようとは、滅茶苦茶なことをする雇い主である――こそ泥は遠ざかるかもしれないが、その部屋に住む僕が、それこそたまたま見つけてしまう可能性は、必ずしも否めないのに。

裏を返せば、最後に頼れるのは、システムではなく人間だと思っているのかもしれないけれど。

　信用されたものだ。応えたくなってしまう。

『シャワーなどもご自由に使ってください』と今日子さんは言った——『ご自由に使ってください』と。

　いざと言うときに自由裁量で動かせる金額、約二億円……、要求された目標額には遠く及ばないにせよ、今日子さんが汗水垂らして稼いだ大切なお金の一部である。無駄遣いはできない。

　交渉開始だ。

第二話

橙（だいだい）の監禁

1

私にとっては手間が大幅に省けてつくづく好都合な出来事ではあったものの、それでもさすがと言う他ないだろう。今日子さんは目覚めて即座に、自分が置かれている状況を把握したようだった――眠るたびに記憶がリセットされる忘却探偵にしては、ありえない寝覚めのよさである。

忘却探偵だからこそ、なのか。

左腕に書かれた、一部では有名な備忘録で、自分が『掟上今日子』であり、『二十五歳』であり、『探偵』であり、『置手紙探偵事務所所長』であり、『一日で記憶がリセットされる』忘却探偵であることを一瞬で理解――寝台ではなく椅子(いす)に座らされ、ロープで(できる限り優しく、緩くとは言え)縛り付けられていることも、混乱なく認識。

窓のない薄暗い、一見何の変哲もない、だがそれだけに得体の知れない、いわば特徴をごっそり取り除いたこの部屋にも、特に物怖(ものお)じした様子はなかった――ここで悲鳴でもあげられたら、さぞかし反響したことだろうから、それも私にとって、大いに助かったと思えることだった。

実際的に煩(わずら)わされることなく、手間が省けたというのもあるが、何より、苦労に苦労を重ねて捕らえた忘却探偵に、そんな平凡でありきたりなリアクションを取られてしまっては、興ざめである。

　こうでなければ、と思う。

　そう、探偵は神がかってなければならない。

「すみません。念のために確認させて欲しいのですが、私はあなたに誘拐されたのだと思って、差し支えありませんか？」

　のみならず、身動きの取れない状況なのに、ゆったりと落ち着いた口調でそんなことを、飄々（ひょうひょう）と訊（き）いてくるのだから、興ざめどころか興が乗る――私としたことが柄にもなく、饒舌（じょうぜつ）になってしまいそうだった。

　探偵との丁々発止（ちょうちょうはっし）を楽しみたいと思う童心に駆られる――これは怪人二十面相の気持ちだろうか。

　もっとも、それは私の目的に反する。もっと言えば、信念に反する。

　反するのではなく、私は私の範にならねば。

「ええと……、ごめんなさい」

　考えて、私はまず、謝罪することにした。

「服は、私が勝手に選ばせていただきました。あなたのように、センスのあるコーディネートはできないんですけれど、でも、同じ服を二度着たことがないというあなたのスタイルを、こんな些細なトラブルで乱してしまうのもどうかなと思いまして、差し出がましい真似を」

モスグリーンのカプリパンツに、オレンジの半袖シャツ、ギンガムチェックの細身ベスト、靴は赤ハイソックスと色を揃えたややヒールの高いパンプスを用意した。

あえて『観察日記』を分析した傾向を述べるなら、今日子さんは普段から、夏であろうと猛暑であろうと、あまり肌を露出しないファッションを選びがちだ……、それは、地肌に記した備忘録を覆い隠すためという実用的な理由に基づくものである。

だからこそ、私はそこに大胆な変革をもたらすという、小手先のテクニックを弄することにした――普段のセンスから一定の距離を置くという演出で、センスの差を誤魔化すことにしたのだ。

まあ、意識を取り戻した今日子さんが、少しでも混乱しないように、あらかじめ左腕の備忘録を見られるようにしたという、合目的的な動機もある……、椅子に固定されていては、袖をまくる動作もできないだろうと読む、私なりに先を見据えた、着回しならぬ気回しという奴だ。

ついでに余計なことを言わせてもらえると、そんな配慮はその椅子にも施してある――わざわざ海外から取り寄せた、アンティークの安楽椅子だ。今日子さんは、線の細そうなイメージに反して、どちらかと言うと活動的な探偵ではあるものの、やはり探偵には安楽椅子がよく似合う。

お気に召したのか、今日子さんはぎこぎこと、安楽椅子を前後に揺らしながら（単にそうすることで、両手首、両足首、胴体を縛るロープの強度を確認したのかもしれない）、

「及第点」

と、軽く微笑み、短く言った。

及第点？　何が？　ああ、ファッションセンスのことか——まさか評価してもらえるとは思えなかったので、私は思いの外衝撃を受けた。

「サイズもぴったりで、好感が持てます。ともすれば痩せ過ぎとも言える私の手足から、よりよく魅力を引き出してくれていますね。オレンジの開襟シャツは自分ではしようと思わない配色ではありますが、遊び心としてはアリだと思えます——うきうきしてしまいますね。ただし、あえて難を言うなら、靴がいただけません。デザインは素敵ですけれど、立ち姿をイメージしたときに、この場合、ヒールはないほうがすっきりしたのではないでしょうか」

痛いところを突かれた。なんだかんだ言いつつそれなりに張り切って頑張ったつもりだったが、しかしレディースシューズの奥は深過ぎる。『これでいいや』と、どこかで諦めてしまった感は否めない。

「ロープをほどいていただけましたら、モデルウォークで証明してみせますけれど、いかがでしょう」

さらっと申し出られたので、危うく従順に拘束を解いてしまいそうになったけれど、すんでのところで思いとどまった――危ない危ない。

私は服飾学校の講師からためになるレクチャーを受けているわけではなかった――私は攫ってきた女性に向き合っている、凶悪な誘拐犯なのだった。

だが、どうも凶悪というのはよくわからない。どう振る舞えば凶悪なのだ？　下準備と予行演習は怠らなかったものの、なにぶん、こうして探偵を誘拐するのは初めてなので、勝手がわからない。

ふと顧みると、服を用意したり、椅子を用意したりで、結構もてなしてしまっている気もする――誘拐犯と言うより、これではまるで執事だ。

その点が却って不審だったのか、

「それで？　私は殺されてしまうんでしょうか？」

と、今日子さんは、それまでとまったく変わらない口調で、しかしいきなり核心をつく質問を投げかけてきた。

「何せ忘却探偵なものでして。どういう経緯で、ここに監禁されているのか、さっぱりわからないんですよ。でも、こうして目隠しもされず、どころか眼鏡までかけさせてもらって、覆面もしていないあなたと対峙（たいじ）しているということは、あなた達は私を、生かして帰すつもりはないということでしょうかねえ」

「あなた達、ではありま――」

口を閉ざすのが間に合わず、反射的に、私は単独犯であることを告白してしまった――誰かとつるんで、あるいは誰かに指示されてこんなことをしているわけではない、と主張したい虚栄心を利用された引っかけ問題だったのだろうか。

つくづく探偵の話術は恐ろしい。このままだと、私の個人情報を丸裸にされてしまいそうだ――私が誘拐のため、今日子さんの個人情報を集めるのにかかった途方もない時間を思うと、才能の差に圧倒させられる。

まあいい。

どれほど情報を引き出されようとも、構わないと言えば構わない――素顔を見られても構わないのと同じだ。

どうせ最後には殺すのだから――ではない。それこそ、忘却探偵だからこそ――だ。

顔を見られようと、極論、私の素性をすべてあますところなく暴かれようと、旧車の中でそうしたように、彼女を眠らせることにさえ成功すれば、私の罪悪は綺麗（きれい）さっぱり忘れてもらえて、帳消しになるのだから。

私の犯罪は抹消される。

だから、ロープは緩めに結び、肌にあとが残らないように配慮せねばならなかった——この勘の良さだ、縛られた痕跡から、自分が監禁されていたことを推理しかねない。

そんなわけで、目隠しは必要ない。

眼鏡は別にあってもなくても構わなかっただろうが、スマートフォンで世界中と繋がれる現代だろうとも、やはり重要な会話はちゃんとお互いの顔を見ながらするべきというのが、私の持論である。

脅迫電話は除く。

「ころ……、危害を加えるつもりはありません」

私はきっぱりと言った。いや、『きっぱりと』と言うには、言い直してしまった——『殺す』という直接的な言葉を、口にするのを躊躇ってしまった。

度胸不足の与しやすい相手だと、軽んじられてしまうだろうか……、まあ、必要以上に怖がられて、パニックになられるよりはそちらのほうがいいけれど。

どうせやることは同じだ。

私は続けた。

「今、あなたの部下に身代金を要求しています。その取引が無事裡に終われば、何の問題もなく、今日子さんにはお帰りいただけます。もちろんすべてをお忘れいただいた上で、ですが……」

「身代金。へえ、私に部下がいるんですね。てっきり、天涯孤独でハードボイルドな探偵だと思っていました。ちなみに金額は、いかほどですか？」

守銭奴と名高き今日子さんらしく、二言目には具体的な額を確認してきた——初対面の相手に臆面（おくめん）もなく年収を聞けてしまうタイプの人間なのかもしれない。

「十億円です」

特に嘘をつく理由も思いつかなかったし、下手に誤魔化そうとすると別の秘め事がバレそうな予感もしたので、私は正直に答えた。

「十億円ですか」

サプライズにはならなかったようだ。むしろ肩透かしを食ったように、今日子さんは大仰（おおぎょう）にため息をついた。

「かつては戦闘機並みのお値段がついたこともある私の頭脳も、安く見積もられたものですね」

「十億円では安いですか」

かつて、というのはいつのことだろう？　リセットされる以前の記憶か――それともただの軽口か。まどわされてはならない。

「我慢できる金額ではあります。どちらにせよ、私の部下とやらに、支払い能力があるかどうかは疑問ですがね」

部下、か――そうだな。

今日子さんが目覚めるところを見たくて、ついついこの監禁ルームに張り付いてしまっていたが、そろそろ掟上ビルディングに、電話をかけ直さないと。

置手紙探偵事務所、唯一の従業員である警備員、親切守の動向を確認したい――私の要求通り、金策に走り回っているだろうか？　それとも、要求に逆らい、警察に連絡してしまっているだろうか？

向こうの出方によって、当然ながら、こちらの対応も変わってくる――私は、できれば今日子さんを傷つけたくはないけれど、手段を選べない状況まで追い詰められる可能性があることは否めないのだ。

掟上ビルディングの電話機に、逆探知のシステムが搭載されていないことはもちろん知っているが、それでも遠出して、公衆電話からかけるくらいの用心はすべきである。

単独犯であることは私の誇りだが、しかしこういうときは、やっぱり人手が欲しいとも思う。

　となると、それに先だって、今日子さんとの会話を締めないと。

「では、場合によっては、身代金の値上げも試みましょう――私はこれから様子見もかねて、あなたの部下に二度目の脅迫電話をかけようと思うのですが、どうです、今日子さん。その間、ぼんやり待っているのもきっと退屈でしょうし、ここはひとつ、ゲームでもしませんか？」

「ゲーム？」

「パズルですかね――いわば謎解きですよ。あなたに人質として、本当に十億円の、あるいはそれ以上の値打ちがあるのか、確認させて欲しいんです。こうして話しているだけで、その能力の片鱗（へんりん）は見せていただいていますが、しかし、それでも十億円は要求し過ぎだったんじゃないかと、危惧しておりまして」

「あら。それは随分なご挨拶（あいさつ）ですね。でも、そういう理由でしたら、私が能力を証明しなければならない理由はないと思いますが――誘拐犯を安心させてあげる必要を、特に感じませんので。身代金を値切れれば、私の忠実な部下は助かるでしょう。余計な出費も抑えられますしね」

　忠実かどうかは知らないが……、自分の身代金を『余計な出費』と言い切るメンタルもすごい。

守銭奴どころか、守銭の神じゃないだろうか。

「理由はあります。もしも今日子さんがゲームに勝てたら、私が豪華な食事を提供することをお約束しますので」

「……もしも負けたら？」

「別に何も。豪華な食事が提供されないだけのことです」

「おやおや。貧相な食事が提供されるわけですか？」

「いいえ、何を仰いますやら。今日子さんには貧相は似合わないでしょう。敗者には何も提供されません」

「捕虜の虐待ですねえ。褒められたものではありませんが、そういうことであれば、どうやらあなたの暇潰しに、私はお付き合いするしかなさそうです……、私もこの通り、暇ですしね」

ただし本当に暇潰しだとすればですが——と、今日子さんはさりげなく、こちらの腹を探るようなことを言ってくる。

やはり一筋縄ではいかないか。

出し抜けにゲームと言われて、それであっさり乗ってこられても、リアクションに困るが——そんな頭脳では、それこそ十億円の価値はない。

それでも、衣食住の『食』をカタに取られては、誘拐犯が腹に一物あることを察しつつも、ひとまずは付き合わざるを得ないというわけか——と、思ったが、そういうわけでもなかったようだ。

基本的にはその通りだったようだが、彼女がゲームに付き合ってくれる気になったのは、『食』が理由ではなかった。

衣食住の『衣』だった。

「豪華メニューは後回しで構いませんので、誘拐犯さん。私が勝ったら、まずはこれとは別のお洋服を用意してもらってもいいですか？　靴を履き替えたいのもそうなのですが、ええとほら、半袖が落ち着きませんので」

そんなに着替えたいのか。

及第点、ぜんぜんもらえてないじゃないか。

2

「駄目だ、びた一文（いちもん）まからん。身代金は十億円だ。値上げはあっても、値下げはない。また連絡するから、そのときまでに準備しておけ」

待ちに待った二度目の脅迫電話があったのは、焦（じ）らしに焦らされた夜半のことだったが、肝心の通話時間は一分にも満たなかった――気合い十分、準備万端で臨んだつもりだったけれど、まるで交渉にならなかったというのが実情である。

にべもないとはこのことだった。

そんな風に却下されてみると、上司の身代金を値切ろうとした自分が、まるでさもしい根性の持ち主のように感じられて、必要以上にがっくり落ち込んでしまう。二億円という目もくらむような大金を前に、これで事態が解決したとまでは言わないにせよ、解決に向けて大きな一歩を踏み出したような気分になっていただけに、無能感もひとしおである。

考えてみれば、たとえ値切るにしても、八億円も値切るのは無理があっただろうか――二億は大金だが、だからと言って、八億円まけろというのは社会通念上、無茶苦茶だっただろうか。

隠館氏から、十億円という法外な額の要求はより多くを取るためのテクニックであり、本当にそこまでの身代金を求めているわけではなく、極論、一億円でも取引にはなるはずと、慣れた風なアドバイスをもらったときには、なるほどその通りだと納得したものだけれど、誘拐犯は大真面目（おおまじめ）に、十億円を要求していたのかもしれない。

ビルディングを売り払ってでも金を作れというような、無茶苦茶を言っているのだとしたら――それとも、僕が見つけられていないだけで、今日子さんの隠し資産は、まだまだこの不動産内部に唸っている？

犯人はそれを知っていて、そんな取引を申し出ているのだろうか――犯人がこの誘拐計画のために、事前にどれくらいの先行投資をしたかは定かではないけれど、十億円を手にする前提でプランを立てたのだとすると、およそありえないような金の動かしかたをしている可能性はある。

たとえば、十億円を手にするために、五億円以上の投資をしていたなら、二億円での妥結は不可能だろう……、それとも、単なる愉快犯という線もある。

できそうもないことを要求して、僕があたふた困るさまを見たいだけかも……、だが、言っちゃあなんだが、僕にそこまでの値打ちがあるか？

逆ならありうるかもしれない。

従業員である僕が身柄を確保されて、雇い主である今日子さんが十億円を要求されて、名高い名探偵が右往左往する様子を楽しむ……、そんな悪趣味な楽しみかたは、まあそれなりに成立する。

読者への挑戦ならぬ名探偵への挑戦だ。

そういう犯人もいるだろう。世間は広くて、世界には色んな人間がいる。

だけど、あくまでひとりの警備員であり、名探偵の相棒でさえない僕を脅して、困惑させて、いったい何が楽しいというのだ？　そんなことをしても、誰も褒めてくれないぞ。僕をいじめたところで、不名誉にこそなれ、何の名誉にもならない。

となると、やはり誘拐犯は真っ当に――真っ当ではないが、まっすぐに、十億円を求めていると考えるべきか。

ともあれ、交渉が不成立だったのみならず、そのあまりのつれなさに、僕は今日子さんの無事を確認することさえできなかった――痛恨の極みではあるが、八億円の値下げ交渉に躍起になってしまって、『声を聞かせて欲しい』という、今度こそ絶対にしなければならなかった要求を、しそびれてしまった。

まあ、峻拒（しゅんきょ）と言うしかない誘拐犯のあの態度からして、そんな要求に応じてもらえたとは思えないが――それに、察するにあの脅迫電話は、公衆電話からかけられていた。

逆探知システムが組み込まれておらず、ナンバーディスプレイが取りつけられていない固定電話でも、そして探偵術のイロハも知らない警備員でも、二度目の脅迫電話となれば、それくらいの所見は得られる。

なんのことはない、通話の途中で、白熱する僕をあざわらうかのように、ちゃりんと音がしたのである――たぶん、公衆電話に、追加料金の十円玉を投入する際に生じた音だ。

それだけの事実から犯人像を絞り込むのは危険だが、公衆電話をあまり使い慣れていない人物だと思われる——あんなにべもない、つまりは短い通話時間で追加料金が必要になったということは、わざわざ県境を越えて、脅迫電話をかけてきたのだろうが、その際、通話料金が跳ね上がることまでは想定できなかったのだろう。できていれば、最初から百円玉をいれていたはずだ——慌てて音を立ててしまったのだろう。どうせすぐに切るつもりだったから、十円でいいと油断した……。

だからどうということもない。

まあ実際、一度目の脅迫電話の際は十円で済んだのだろうし、油断は言い過ぎだ。公衆電話の位置を特定する技術は僕にはないし、公衆電話を使い慣れていない人間なんて、今や日本国民の大半がそうではないか。

こんなので何かを推理したつもりになっても、実際には前進さえしていない……、ただ、強いて言うなら、十億円を求める犯人が、百円玉を惜しんだような構図には、いささか違和感が残るか……？

愉快犯説が真実味を帯びてくる？　いや、それではなはだ困るのだ。営利誘拐ではない愉快犯だと、今日子さんが無事に帰ってこない可能性のほうが高くなる。

ともすると、僕ばかりが犯人の無茶な要求に苦しめられているような気分になってしまうが、今日子さんは今日子さんで、囚われの身で、犯人から無体な要求を突きつけられているかもしれない。

今日子さんがお出かけになってから、もう十二時間以上が経過しているが、ちゃんと食事はもらっているのだろうか？　こういうとき、犯人にホスピタリティを期待するほうがどうかしているかもしれないが……。

しかも犯人は気になることを言っていた。気になると言うより、絶望的なことだが……『値上げはあっても、値下げはない』。なんだそりゃ？　十億円を要求しておいて、更に追加で身代金を要求する展開がありうるというのか？

確かに命の価値は、今日子さんのそれに限らず、十億どころか百億に匹敵するかもしれないし、いやさ、命に値段はつけられないとさえ言えるだろうが、それでもない袖は振れっこない。

……とりあえず、公衆電話の件は、前進とは言えないかもしれないけれど、犯人も完璧ではないことはわかった。今日子さんや置手紙探偵事務所、あるいは僕についての下調べは、なるほど入念かもしれないけれど、誘拐犯は公衆電話の使いかたまでを知り尽くしているわけではなかった。

自虐や無力感に押し潰されず、それだけでも収穫とすべきだ――あまりに犯人像を肥大化させ続けると、何もできなくなる。誘拐犯だろうと殺人犯だろうと、あくまでそれは人間であり、怪物でも化物でもないのだ。

とは言え、手詰まりには違いない。

公衆電話の使いかたで、確かに犯人は人間味溢れるミスをしたかもしれないが、そんなのは推理小説のトリックの些細な矛盾を見つけたようなもので、そこをあげつらっても、全体には影響がない——犯人は、僕が更なる金策に駆け回ることを期待しているのかもしれないけれど（最初ははったりで十億円を要求したが、僕がそれに届かないとは言え、二億円という大金を実際に支払おうとしたから、向こうが欲をかいたという可能性もある——それもそれで人間味だ）、とてもそのアプローチが建設的なようには思えない。

いよいよ警察に助けを求めるときか。

もっと早く、どころか最初からそうすべきだったことを、するときか——世の中には、たとえ二億円を託されてもできないことがある。金がすべてじゃないなんて、身代金を要求されているときに学ぶべき教訓ではないけれど……、苦境にあって警察に助力を求めたとなると、探偵としての看板に取り返しのつかない傷がつくという、今日子さんの熱烈なファンである上得意、隠館氏の危惧はわからなくはないが、それだって、身の安全に代えられる看板ではないだろう。

最悪、探偵を廃業しなければならないことになっても、生きてさえいれば、その後の展望はある……、と言うか、その点において僕は『探偵であってこそ今日子さん』と信じてやまない隠館氏とは違って、ああいう上司には、何をやっても成功しそうなイメージを持っている。一日で記憶がリセットされる体質は、忘却探偵以外にだって、いくらでも使いようはあるはずだ。

路頭に迷うなんてことはない。

僕は職場を失うことになるが、それは些細な問題だ。警備員として、今日子さんをガードできなかった責任は、どこかで取らなければならない。

結論を出す前に反対意見も検討してみたいところだが、反対派、と言うか、忘却探偵派の隠館氏は現在冤罪事件の主役を演じている最中であり、おそらく留置場の中で一夜を過ごしていると思われる——再度相談を持ちかけようとしても、繋がることはあるまい。携帯電話もそろそろ取り上げられていることだろう。

僕が独自の判断を下すしかない。僕の責任で——責任感で。

3

とは言え、遅かりし決断を取り戻そうと、すぐさま110をダイヤルするというわけにもいかない——通報するとなるとなるで、難しくも悩ましい、次の問題に直面することになる。

既に一度考えたことではあるが、出たとこ任せで通報するのではなく、ここは忘却探偵の事情を知っている刑事さんに通報するべきだろう——つまり、今日子さんのクライアントだった経験を持つおまわりさんに助けを求めたほうが、どう考えても段取りがいいはずだ。話の通りがいいし、忘却探偵のプロフィールをいちから説明しなくて済む。

行方不明になって丸一日が経っているわけでもなければ、受けた脅迫電話を録音しているわけでもない——説明にあたふた手間取って、探偵事務所が抱える民事トラブルだと思われても困る。

警察から非公式に頼られることもある忘却探偵——僕が留守番として、依頼を取り次いだことのある刑事さんとなるとその数は限られるし、かつ、誰がどの署の何刑事さんだと、つぶさに記録を取っているわけでもないので（それは置手紙探偵事務所の職員として、事件に直接はかかわらない警備員でも御法度だ。作っていいのは警戒対象の名簿だけである）、選択の余地はほとんどないに等しいのだが、ほんのわずかでも、今日子さんの助けになることをしたい。

肘折警部……、遠浅警部……、鈍磨警部……、佐和沢警部……、鬼庭警部……、山野辺警

部……、波止場(はとば)警部……、御簾野(みすの)警部……、二々村(ふじむら)警部……、百道浜(ももちはま)警部……、遊佐下(ゆさか)警部……、ええと、他にお得意様と言えるのは……。

　願わくは、もっとも有能な刑事さんに連絡を取りたいところだが、探偵業とは違って究極、組織でチームが組まれることを思えば、個人の技能はあまり関係ないかもしれない。それよりも、誘拐事件の捜査班に強いパイプを持つ刑事さんに頼るべきなのか——だが、クライアントの今日子さんへの感情も、多種多様である。職務上の必要性にかられて渋々、あるいは上司に命令されて、部外者である今日子さんに依頼してきた刑事さんもいる——はっきり言って、守銭奴の忘却探偵に悪感情を持ちつつ、事件解決のために苦渋の判断をした刑事さんだって。

　それは仕方のないことなのかもしれないけれど、そういう人には、やっぱりちょっと頼りづらい——隠館氏ほどとは言わないまでも、親身になってくれる人がいい。

……いや、待てよ？

いるんじゃないか？　頭から諦めなくとも、警察署内にだって、隠館氏ほどに、ひょっとするとそれ以上に、今日子さんに親身になってくれる人も、ひょっとしたら。

　だって、確かに警察から忘却探偵への依頼は、あくまでも秘密裏であって、非公式なそれなので、ここで『あのときの借りを返してください！』みたいに迫っても、間抜けなくらい筋違いである――そもそも守銭奴が守銭奴料金を徴収している時点で、クライアントの間に貸し借りはない。

対等であり、フラットだ。

ここで助けを求めようとすること自体、忘却を盾とする探偵事務所としては、マナー違反なのだ――よく言えばコネクションが、悪く言えばしがらみが残らないからこその今日子さんだ。

少年漫画みたいに、昔の仲間が主人公のピンチに駆けつけてきてくれる――みたいな展開は、願わくはではあっても、望むべくもない。

ただ、対象を仕事絡みのクライアントに限らなければ、警察署内にだって、今日子さんのファンは結構いるのだ。真偽が定かではない噂レベルの話だが、特に警察庁の上層部に、非公式のファンクラブを作っているキャリアがいるとか、いないとか……、いつぞやの講演会でも、今日子さん自身がそんなことを語っていた。

そういう警察官にコンタクトが取れれば、強いモチベーションをもって事件解決に臨んでもらえるかもしれないし、そしてファンである以上、警察に頼ったことで忘却探偵の看板につくかもしれない傷を、最小限に抑えてくれるかもしれない。

それだ。それでいこう。

幸い、その線ならば心当たりがあった。と言うより、その線ならば、選択の余地がほとんどないどころか、心当たりはひとつしかなかった。

第三話　黄の問題集

1

置手紙探偵事務所宛に脅迫電話をかけた帰り道、ようやく私は、忘却探偵に引っかけられたことに気がついた。

ゲームの『景品』を、衣食住の『食』ではなく『衣』に設定するというのは、いかにもファッショナブルな今日子さんらしいありかただと、感心こそしたわけではないが、妙に納得してしまって、まんまとその案を呑んでしまった私だけれど、その結果として今日子さんは、自由を奪われ監禁された身でありながら、逆に、衣食住の『食』の問題を、棚上げにしたわけだ——棚上げというか、確保した。

言うなら、生命線となる『食』を人質に取られることを回避した——ゲームの結果がどうあれ、実際問題こちらとしては今日子さんに飢え死にされても困るわけで、食事は普通に提供するしかない。

私が用意した服を、遠回しにダサいみたいなことを言われて、少しムキになってしまったのかもしれない——それなのに、もしも今日子さんが、手始めに、安楽椅子に座る彼女の膝に残してきた三枚の『問題集』を解けなかったときには、普段の彼女ならば絶対にしないようなスポーティな格好でもさせてあげようかと、小さな意地悪を画策していたというのだから、私もいい加減、人がいい。

いい面の皮だ。

なかなか凶悪犯にはなれない。

しかし、まあよしとしよう。

案外、そちらのほうが結果としては望ましいのかもしれない——土台、今日子さんを監禁し続けるためには、彼女自身の協力的な姿勢も欠かせない。

あんな風に（ぎゅうぎゅうにではないとは言え）椅子に縛り付けたまま、いつまでも閉じ込め続けるというのは無理がある——それこそ人間は、食べたり着替えたり、寝たり起きたり、いわば、生活というか、生存というものをしなければならないわけで。

放っておいたら死んでしまうし、精神的に追い詰め過ぎると、舌を嚙んでしまうかもしれない——のほほんとしているようでいて、あれで結構、誇り高そうな今日子さんである。屈辱、恥辱よりは、死を選びかねない危うさもある——それとも、どんな辱めを受けても、『どうせ寝たら忘れるから』と、割り切ったものなのだろうか？

いずれにしても、私としては今日子さんには、私が目的を果たすまでは、元気で、健康的に過ごしてもらわねばならないのだ——欲を言えば、今日子さんには、ストックホルム症候群に陥って欲しい。

誘拐犯である私に、親近感、親愛の情を抱いてくれたらしめたものだ——与しやすい、そして人がいい、そんな悪い奴じゃないと思ってもらえたら、それ以上はない。

私を好きになって欲しい。

そういうわけで、私は頃合いを見て、今日子さんを安楽椅子への拘束からは、解放せざるを得ないのだ。あんなところに固定したままでは、生活も生存もできない。せいぜい恩着せがましく、ロープをほどいてやろうではないか。なに、そうしたところで、どうせあの部屋からの——あの『密室』からの脱出は不可能だ。

あの密室にトリックはない。単なる閉鎖空間で、どれだけ騒ぎ立てたところで、その音が外部に漏れることもない——今日子さんを監禁する目的で準備した、ただそれだけのための部屋なのだから、それで当然だ。

先行投資としては、例の旧車よりもよっぽど金がかかっている——その甲斐はあったと、今なら言える。

金と言えば、それにしても、親切守。

置手紙探偵事務所唯一の職員であり、掟上ビルディングに住み込みで働いている警備員が、この短時間で二億円を用意したというのは、正直言って意外だった。

二億円を用意したというのも意外だったし、身代金を値切ってきたことも意外だった——

意外と言うより異常である。異常事態だ。直接会ったことがあるわけではないが、事前の下調べでは、実直で融通（ゆうずう）の利（き）かない性格だと聞いていたので（それで前の職場を、やや理不尽にクビになっているとか）、身代金をああも大胆に値切るような真似をしてくるとは思わなかった。

それこそ、与しやすいと思っていたくらいだけれど、彼のことを、私はもっと警戒すべきかもしれない。

取引を持ちかけてくる彼を、二億円では応じられないと咄嗟に突っぱねたとは言え、内心では危うく、うっかり応じてしまいそうだった――まあ、彼のポケットマネーだとはさすがに思えないので、その金自体は、今日子さんがビルディング内に貯め込んでいた財産なのだと思われる。

忘却探偵の働きぶりがうかがえる。

計算外ではあったが、嬉（うれ）しい誤算でもあった――とは言え、しばらくは放置していても大丈夫くらいに思っていたけれど、様子見もかねて、掟上ビルディングへは、頻繁に連絡を取ったほうがよさそうだ。

親切守が何をするか、ちょっと予想がつかなくなった……、素直に金策に走り回ってくれていれば、それに越したことはないのだが、存外、あんな短い会話からでも、こちらからヒントを引き出していたのかもしれない。

公衆電話で連絡を取るのも、実際にやってみると、案外賢い選択とは思えなくなっている
――現代社会で公衆電話を見つけるのがまず大変だし、苦労して見つけても、防犯カメラが抜け目なく見張っていたりする。

誘拐犯の気分に浸りたくて、テレビドラマに影響を受けた行動を取ってしまっているだけで、普通に携帯電話で、非通知でかけたほうが効率的な気がしてきた。発信地点から居場所を特定されないように、それでもいちいち、遠出をする必要はあるだろうが……、もっといい手もある気がする。やってみなければわからないことだらけだ。

その甲斐はあると信じよう。

少し神経質になってしまって、私は念のためにぐるぐると迂回に迂回を繰り返しながら、自作の『密閉空間』に戻ってきた。

約二時間のお出かけだったが、これだけあれば、まずは手渡した三枚の『問題集』を、今日子さんは解き終わっていることだろう。

やや倒錯した感情に取り憑かれているのかもしれないが、ゲームの勝敗よりも、私のセンスをああも否定した今日子さんが、いったい『景品』にどんなお洒落な衣服を要求してくるのかのほうが楽しみだった――が、やはり物事は計画通りにはいかない。

「すやすや」

と。

今日子さんは安楽椅子を前後に揺らしながら、眠りについていた……、膝の上に置かれた『問題集』に、目を通したっぽい形跡はあるものの、どういう答を出したにせよ、今やそれは、膝掛けのブランケットくらいの役割しか果たしていなかった——なぜなら、眠ってしまった以上、今日子さんは『今日一日』分の記憶を喪失してしまったのだから。

なるほど、安楽椅子に拘束したのは、こうしてみると失敗だった。まあ、いくら快適であっても、この環境で入眠するのは、あまりに図太いと言うしかないが……、やれやれ、これは嬉しい誤算とは言えない。悲しいご破算である。

ストックホルム症候群作戦は、いちからやり直しだ。勿体ぶらず、さっさと安楽椅子から解放しておくべきだった——いいだろう。

私は何度でも繰り返す。失敗だろうと、犯罪だろうと繰り返す。たった一度、ほんの一度、目的を果たすまでは。

2

「ええと……、親切さん。そういう事情なのであれば、どうして私のところに電話をいただけたのか、さっぱりわからないのですが……、こう言ってはなんですが、私は日本で働くあらゆる警察官の中で、もっとも強固な反今日子さん派ですよ」

そうきっぱりと言い切られてしまうと話が続かないのだが、むろん、僕もそんなことは先刻承知の上である——いくら窮地にあり、いくら混乱しているとは言え、日怠井警部が今日子さんの味方であると考えるほどに、おめでたくもない。

むしろ日怠井警部は、今日子さんの天敵と言ってもいいかもしれない——頑迷なる天敵だ。それは忘却探偵の、守秘義務の範疇をやや逸脱するような事件だったので、僕のような『部外者』も知るところなのだが、ある出来事において、今日子さんはこの警部と対立していた。対立と言うか、今日子さんは日怠井警部（の部下、だったか？）に逮捕され、警察署の地下留置場で、一夜を過ごしている。

まあ、そうされて当然の状況下であったとは言え、あれはあれで監禁状態と言える。

何かと監禁されがちな名探偵だ。

とは言え別に、今日子さんを監禁した前科のある『容疑者』として、僕は日怠井警部にあたりをつけたわけではない——今日子さんの現状を想像する上で、ちょっとくらいその辺の、参考意見も聞けるんじゃないかと期待しなかったと言えば嘘になるけれども、そもそも僕は、日怠井警部に助けを求めようとしたわけではなかった。

今日子さんが留置場で（人の気も知らず）暢気に暮らしていたとき、彼女に便宜をはかってくれた警察官が、あの署内にはいたはずなのだ——それが誰なのかは特定できていないが、そういう、職務を逸脱した『今日子さんファン』がいることは確かなのだ。

僕の唯一の心当たりとはその警察官のことであって、間違っても今日子さんの天敵・日怠井警部ではない——彼には取り次いでもらおうと思っただけだったのだが、そこはさすが強面の警部である。

伊達に冤罪製造機と呼ばれていない（考えてみればこれも酷い呼び名だ）、電話越しであっても、僕の奥歯にものの挟まったような物言いに不審を覚えたらしく、取り調べが始まってしまった。

早く誰かに話して楽になりたいという気持ちもあったのだろう、僕は初志を貫徹しきれず、ほぼ洗いざらい、日怠井警部に置手紙探偵事務所の内情を吐露してしまうことになった。まあ、クライアントから持ち込まれた事件情報を漏らしたわけではないので、守秘義務違反ではないはずだけれど……、親身になってくれる警察官どころか、よりにもよって今日子さんの天敵に、助けを求めてしまうことになろうとは。

うまくいかないものだ。

なぜうまくいくと思ってしまったのだろう。

この取り調べ力に渡り合った今日子さんや、そして冤罪体質の隠館氏の胆力に改めて感じ入る。

済んでしまったことは仕方がない。

どのみち小細工だった。

「まあ、私もそういう意味では、一応、今日子さんのクライアントではありますがね。あのときは、無理矢理依頼させせられたようなものですが」

そんな経緯があったのだっけ。ならばますます、助けを求める相手を間違った……、まあ、だからと言って、さすがに天敵も、この通報を握りつぶしたりはしまい。あとの捜査は警察に委ねて僕は粛々と退場……。

ところが、

「いや、この件はまだ、私のところで止めておいたほうがいいかもしれませんな」

などと、日怠井警部は言い出した――なんですと？

「考えてもみてください、親切さん。十億円という身代金の要求は常軌を逸していますよ。と言うより、悪質な冗談としか思えない額です。どう考えても、個人に要求する金額ではありません」

脅迫されている当事者として、第三者からの正論は大いに歓迎すべきであり、それを求めて隠館氏にも相談の電話をかけたものだが、ただ、日怠井警部が戻してくれた正論もまた、こちらの期待とはいささか趣を異にするものだった。

そういう意味では僕は相談相手を間違い続けている。

隠館氏には『すぐに警察に電話すべきです！　しないのなら僕がします！』と言って欲しかったのに、強いファン精神でむしろ諌められてしまうし、意を決して警察（官）に電話をかけてみれば、『わかりました！　あとはすべて我々に任せてください！』と言って欲しいのに、逆に話を止めると言い出された。

だが、その正論は、期待していた正論よりも耳が痛いものだった——いや、僕だって、荒唐無稽で無茶苦茶な額だと思っている。

なまじ今日子さんが守銭奴で、その貯金額が不明だから——そして十億円ではないにしても、二億円という隠し資産を見つけてしまったから——なんとなく、その点についてはもう思考が続かなくなってしまっていたけれど、どの角度からどう解釈してみても、リアリティがない。

アニメに熱中している最中に、いえいえ人間に空を飛ぶのは無理ですから、と言われてしまった気分だ。

脅迫電話と言うより、悪戯電話を受けたようなものである——もしも日怠井警部が専門の部署に取り次いでくれたとして、まともに取り合ってもらえるのだろうか？　小学生が夜中になっても帰ってこないなら、そりゃあまあ、警察だって真剣に動いてくれるだろう……、だけど、いい大人である。

二十五歳である。

忘却探偵ゆえに、その年齢の正確さも怪しくはあるものの、少なくとも成人していないということはないはずだ――そんな大人の女性が、一晩くらい帰ってこなかったからと言って、それが事件扱いになるのだろうか？

そう主張しているのは僕だけだし、証拠があるわけでもない――こうなるとますます痛恨だった、今日子さんの声を聞かせて欲しいと誘拐犯に要求しなかったことは。

「誤解なさらないでください。私は何も、親切さんの話を疑っているわけではないんです。悪戯電話だと思っているわけでもないし、今日子さんの悪戯だと思っているわけでもありません」

今日子さんの悪戯というお茶目な線は、検討していなかった――『思っているわけでもない』と言いつつ、そんな可能性もきっちり想定しているあたり、冤罪製造機と忘却探偵の間に、かつてバチバチと散った火花の名残を感じさせる。

「むしろ、犯人の狙いはそこにあるんじゃないかと、私のようなひねくれ者は考えてしまうわけでして」

？　どういう意味だろう？

「忘却探偵にとって唯一の身内と言っていい親切さんの動きを固定し、心細くも孤立させることが、誘拐犯の目的なのではないかと――金策に走り回るにしても、話を信じてくれない警察を説得するにしても、時間を取られることに変わりはないでしょう？」

時間……、いや、今日子さんの唯一の身内と言われてしまうと、なんだか面映ゆいものがあるけれど、まあ、世間との関係性をぶった切っていると言っていい忘却探偵が、唯一雇用している従業員という意味では、そうなのかもしれない。

親兄弟、親戚家族の知れない今日子さんだから、一番近い位置にいる僕に、たまたま身代金請求のお鉢が回ってきたみたいに思っていたが、誘拐犯の視点に立ってみると、一番の厄介者が僕だということになりかねない。

つまり、もしも僕という警備員がいなければ、今日子さんが行方不明になったところで、そもそも捜索願を出す身内もいなければ、捜査班が組まれることもないわけだ――お得意さまのクライアント（たとえば、隠館氏）が依頼をしようとして、空振りしたときに生じる違和感はあるかもしれないが、元々、探偵という職業自体、一種の根無し草みたいなところもある。いつぞやそうだったように、思い立って欧州に旅立ったのだと思うだけかも……、なので、逆に言うと犯人は、僕の動きだけを固定しておけば、誘拐のリスクが非常に下がるということになる。

なぜならば。

「なぜならば、今日子さんは忘却探偵ですからな。たとえ犯人の顔を見たところで、誘拐という凶悪犯罪の被害にあったところで、眠り、目覚めれば、すべてを忘れてしまうのですから」

やや忌々しそうに言う日怠井警部――担当する事件で、そのあまりにも清々しい忘却っぷりに痛い目に遭わされた恨みを、それこそ、まだ忘れてはいないらしい。ううむ。つくづく、僕はなんて人に助けを求めてしまったのだろう――申し訳ない。ただ、本人の気持ちを無視して言わせてもらえるならば、アドバイスはいちいち的確である。

「誘拐する対象としては、ローリスクと言えます。犯罪捜査のプロである名探偵を誘拐するなんて、一見無謀なようにも思えますが、そこさえクリアしてしまえば」

十億円が手に入るというわけか。

いや、違う……、その要求は僕の動きを封じて、かつ、警察への通報の、信憑性を落とすためのはったりだと、日怠井警部は言っているのだ。

「むしろ、二億円なんて隠し資産が出てきた時点で、誘拐犯はびっくりしたんじゃないでしょうか」

どうだろう。そう言えば、二度目の脅迫電話を受けたとき、犯人は驚いていたようにも思う——にべもなく値下げ交渉は断られてしまったけれど、あの頑なさは、意表を突かれたからこその反射的な振る舞いだったと見ることもできなくはない。

拒絶反応。

ひょっとしたら、この男の才覚ならば十億円をかき集めることもできなくはないのかもしれないと危惧したからこそ、誘拐犯は値切りに応じないどころか、値上げの可能性までちらつかせたのではないか？

何が『この男の才覚ならば』なのだか……、最初に無茶な要求をしておいて、本来の目標金額を通そうとしているという隠館氏の読み、被害者を困らせて楽しんでいるだけの愉快犯なんじゃないかという僕の読み。

それらに並ぶ第三の読みとして、犯人は犯罪行為でお金を稼ごうとしているのではなく、時間を稼ごうとしているという日怠井説は、そう、並ぶどころか、抜きん出ているようにしっくりくる。

ああ、そうだ。

仮に犯人に、どうしても十億円を用立てなければならない理由があったとしても、それが二億円を蹴らなければならない理由にはならないはずだ――あのつれなさは、まるで十億円が手に入らないなら、二億円なんていらないと言わんばかりだったじゃないか。

十億円を切実に欲しているなら、あるいは僕を困らせようとしているだけの愉快犯でも、とりあえず二億円があるなら、ひとまずはその二億円だけでも、略奪しようと思うんじゃないだろうか?

よくも悪くも、僕は、そして隠館氏も、忘却探偵に過大な価値を見出そうとする傾向があるけれど、客観的な意見を通り越して否定的な意見を持つ日怠井警部に言わせれば、そもそも十億円という要求額が、誘拐事件において破格過ぎる点に、捨ててはおけない違和感があるのだろう。その指摘は、受けてしまうと気恥ずかしくなると言うか、反論しづらいものがある……、違和感なら僕達にだってあるけれど、僕達はそれを棚上げにできてしまう。となると、どういうことになる?

十億円はミスリードで、愉快犯でもないのだとすると……、誘拐犯の目的は、別にあることになりかねない。

正直なところ、あまり考えたい可能性ではない……、だから無意識に『唯一の身内』としては、目を逸らしていたのかもしれない。十億円を用意しろというのはあまりに酷い無理難題だが、それでも誘拐犯が営利目的だったならば、折り合いのつけようもある。人身売買にも似た話になってしまうので倫理的にどうかと思うが、元々、お金とはそういう使いかたをするものだ――お金でなんとかなることなら、お金でなんとかすればいい。

少なくとも、凶悪犯に屈したくないからお金は払わないというような、強硬姿勢を示すことは、僕にはできない――だが、犯人の目的がお金でないとなると、事態はかなり込み入ってくる。

その場合、必然的な消去法で、今日子さん自身が目的ということになるからだ――営利目的の誘拐の成功率は非常に低い。身代金の受け渡しの際のリスクが高いから。だが、その身代金が別に欲しくないというのであれば、その点の危うさがすべて取り除かれてしまうではないか。

攫った時点で、犯罪が完結してしまっている――なんとこの場合、今日子さんは人質でさえないのだ。

……考えられるのは、復讐(ふくしゅう)か？

忘却探偵ゆえの最速で、一日という短期間で事件を解決し続けてきた今日子さんは、その若さでは考えられないほどの膨大(ぼうだい)な数の事件を解決してきている――数が多くなれば、それに比例してイレギュラーも生じやすく、事件を解決した探偵を逆恨みする犯人だって現れることだろう。

むろん今日子さんのほうは、解決してしまえば、犯人どころか事件の詳細まで忘れてしまうわけだが、そこは『やったほうは忘れても、やられたほうは忘れない』という奴だ——経営者である今日子さんは、あちこちに名刺を配り歩いているので、逆恨みをする者にとっては、復讐しやすい対象であるとも言える。

言うまでもなく、それもあって今日子さんは、こんな要塞みたいなビルディングに住んでいるわけだし、僕という警備員も雇っている……、そのように普段から用心は怠っていないにしても、完全に暗殺を防ぐことは難しいと言われるように、誘拐だって、それでも防ぎきれるとは限らない。

その場合は誘拐じゃなくて拉致と言うべきなのか？

辞書的な定義によれば、暴力を使わずに攫う場合は誘拐であり、暴力が伴う場合は拉致というそうだが……、いずれにしても、身代金を支払うまでは今日子さんの無事は確保されているはずという希望的観測が、はかなく消え去ることになる。

無事どころか、命さえ危うい。

あるいは、復讐とはまったく別ケースの動機も考えられる——別と言うか、逆と言うか、そう、隠館氏が犯人だとイメージすればわかりやすい。

熱烈なファンの、その熱烈さが行き過ぎて、凶行に及ぶというケースだ。愛情ゆえの誘拐

──住み込みで働いていると、その辺がなんとなくなあなあになってしまっている部分もあるけれど、探偵であることを差し引いても、今日子さんはお洒落で人目を引くタイプなので、そんな彼女を我が物にしようと力業に出たならず者が犯人であるという可能性は、なんだったら一番最初に考えてもよかったくらいだ。

まあ、幸いなことにと言うか、不幸中の幸いと言うのか、隠館氏は現在、警察署に捕らわれているという鉄壁のアリバイがあるので、この件に関して彼が冤罪をかぶるということはないわけだが……。

「こんなことを言って、親切さんの慰めになるかどうかはわかりませんが、誘拐犯にはもっと確固たる目的があるんじゃないでしょうかね？　根深い復讐や歪んだ好意が基軸にあるなら、身代金の要求は、なかったんじゃないかとも思えますから」

日怠井警部は慎重そうに、言葉を選びながら言った──なんだかんだ言いつつ僕に気を遣ってくれているのだろうが、そのせいで少し真意がわかりにくい。不器用な人だ。

「つまり、十億円の要求が時間稼ぎのためのミスリードなら、犯人は最終的には今日子さんを解放するつもりがあると見做(みな)せるからです。通報を遅らせ、事件化を防ぎ、どこかで犯罪を切り上げる準備がある」

どうだろう、それは慰めと言うより、希望的観測のようにも思えるが……、だが、反今日子さん派の日怠井警部がそう言っているのだから、それなりの真実味もあった。

リセットされるのは、あくまで今日子さんの記憶だけだ——行方不明から時間が経過すればするほど、僕が金策を諦めて通報する危険性は高まるし、一日二日ならばまだしも、行方不明の期間が一週間や二週間を超えれば、さすがに警察も動き出す。

そうなれば誘拐犯が逃げ切れるかどうかは怪しい——仮にすぐには捕まらなくとも、下手をすれば一生、逃げ回り続けなければならなくなる。

それでいい、そんなことは覚悟の上だ——というならば、時間稼ぎなんて無駄なことはしないはずと見るのは、ひとつの見識である。

むしろその後の逃亡生活のことを思うと、脅迫電話をかけたりで、被害者の身内（この場合は僕）と接点を持つことを避けようとするのでは——一度ならず、二度あった脅迫電話。

気休めにはなった。

身代金目的のケースと同じく、復讐や好意による誘拐の可能性も、当たり前だがこのまま引き続き検討すべきだが、しかし、もしもそれらとは違う動機が犯人にあるというなら、いったいどういう動機だ？

「恨まれているのが親切さんだという可能性も、当然ながら想定できますが」

と、日怠井警部。

そんな当然ながらがあるのか——僕がどんな恨みを買ったら、上司が誘拐されるような憂き目に遭うというのだ。

「私が思うに、狙われたのは今日子さんと言うより、今日子さんの探偵力なのではないでしょうか——実のところ、忘却探偵の『忘却』の部分ではなく、『探偵』の部分に重きが置かれているのでは」

たとえ誘拐しても、誘拐された張本人がそれを忘れてしまうから事件化しない——だから今日子さんが狙われたという考えかたが『忘却』重視だとするなら、その点を重視することで、犯罪捜査のプロである名探偵を誘拐するというリスクには目を瞑ったと考えるのが普通だ——だが、そこはひねくれ者を自称する日怠井警部は、僕にはない発想を出してきた。

探偵『なのに』誘拐されたのではなく。

探偵『だから』誘拐された？

コペルニクス的転回と言えばいかにも大袈裟だけれど、ついさっきまで身代金のことばかりに捕らわれていた僕にしてみれば、結構な大どんでん返しだ——その意味合いまで理解できたわけではないにしても、なんだか正解っぽいニュアンスがある。

曖昧（あいまい）な感覚だけれど……、少なくとも僕は、最速の探偵の頭脳に、十億円以上の価値を見出す者がいたと言われても、そこには疑問を呈そうとは思わない。

復讐や、まして好意ではなく、誘拐犯は名探偵を『利用』しようとしているのではないか？それも、普通にクライアントとして、正当なルートで依頼をするのでは、まず今日子さんの協力が得られないような『利用』……。

なんとなく見えてきた——気がする。

今日子さんを誘拐し、犯罪行為への荷担を強制しようというのが、誘拐犯の目的だとするならば、さしあたって暴力は振るわれないか……、下調べが本当に入念なら、あの名探偵が途轍もなく気分屋で、周囲が乗せてあげないと、まったくいい仕事をしないこともわかっているはずだ。

あの人はお金の奴隷であって、そのあるじに絶対の忠誠を誓っているゆえに、絶対に犯罪者の奴隷にはならない。少なくともよい奴隷にはならない。

さすがに丁重にもてなされているとは思えないものの、首元に刃物を突きつけられて、能力を発揮することを強制されてはいないだろう……、その点、犯人の理性や知性に期待することになってしまうのが情けないが、目的が彼女のファッションでも財産でもなく、その中身にある以上、いきなり取って食われたりはしまい。

「私は反今日子さん派ではありますが、親切さん、確かあなたには借りがありましたからな。忘恩探偵と違って、それを忘れることはありません——その立場から言わせてもらえるなら、今、私が専門の部署に連絡したところで、捜査がおこなわれないだけでなく、あなたの身動きが封じられることにもなるでしょう。『余計なことはするな』と——犯人の狙いはそこにあるのではないでしょうか」

その仮説は大いにありうる……、だが、こうして知ってしまった以上、日怠井警部は、報告書を出さざるを得ないのでは？

「こちとら不良警官ですから。管轄外だと突っぱねることにしましょう」

それでいいのか……、いや、ここは素直に感謝すべき局面である。今日子さんとの確執を無視して——もしかすると確執ゆえにか——日怠井警部が、組織を離れて助言をくれたというのなら、恐縮はしても、留保はすべきではない。少なくともやるべきことをやり尽くすまでは、僕は静観モードに入るべきではない。想定外の展開ではあったものの、これまでとはまた違う視点も導入されたのだから。

しかし……、肝心要の点が、まだわからない。

かつて今日子さんを利用して、あろうことかエッフェル塔を盗ませようとしたとんでもない怪盗がいたが……、こたびの誘拐犯は、手中に収めた名探偵に、果たして何をさせるつもりなのだ？

十億円ではないにしても、最低でも二億円以上の資産価値のある何かを、誘拐犯は求めている――僕などには目もくれず、むしろ脅迫電話を悪戯電話として通報されることを望んでいるかのような、底知れない企み(たくら)の裏に隠されている陰謀は、いったいなんなのだ？

3

どうやら本格的に寝入ってしまっているらしく、この分では今日子さんは、明日の朝まで目を覚ましそうになかった――やれやれ、シミュレーション通りにはいかない。

と言うより、ひょっとして今日子さんは、単に安楽椅子の心地よさにやられてしまったわけではなく、こちらの意図がわかっていて、その上で故意に記憶のリセットに取りかかったのではないだろうか？

私は我ながらどうかと思うくらい謙虚な人間なので、自分のことを演技派の犯罪者だとは思わないけれど、目立った失言はしていないはずだ――それでも、忘却探偵の観察眼を甘く見ていたかもしれない。

目隠しはしないにしても、眼鏡は取り上げておくべきだったか？

発言ではなく挙動から、私の狙いが身代金ではないことを、今日子さんが察した可能性は、振り返ってみると、大いにありうる――案外、己の値打ちが十億円では安過ぎるという感想が論拠になっているのかもしれないけれど、あの辺りの会話から、私の誘拐犯としての最終目的が、お金ではないことは導き出せるだろうか？

こうして安らいだ寝顔を眺めているだけでは、とてもそんな風には思えないが、リサーチする限り、この人はかなりの術策家だ。

むしろ決定的に疑惑の根拠となったのは、私が暇潰しを装って、提供する食事と引き替えに申し出た、ゲームのほうか——申し出た時点で、やや気が急いてしまった感もある話運びから、彼女は何かあると感付いていたようだけれど、それでも今日子さんが忘却探偵である以上、ことの真相に辿り着けるはずがないのだが。

食事ではなく衣服を求める駆け引きは、あの時点では半信半疑だったことの証左だと思う——実際に本格的に怪しんだのは、私が彼女の膝の上に置いた三枚の『問題集』を目にしたあとか。

うっかり、あるいは図太く眠ってしまった振りをして、今日子さんがリセットしようとした記憶は、そこに記された『謎解き問題』を読んでしまって、解いてしまった答と見るべきか——ゼロベースに戻さなければならない理由を、お得意の網羅推理で、何の証拠もないのに導いたということか？

だとすれば、ゲームにかこつけた小手調べのアプローチは、今後引っ込めたほうがいいのかもしれない……、そう思いながら、私は今日子さんの膝の上から回収した『問題集』に目を落とす。

三枚の『問題集』——そのタイトルはそれぞれこうだ。

『更級研究所笑井室機密データ盗難事件』

『アトリエ荘事件』

『無職男性（37）バラバラ殺人事件』

彼女は鋭く見抜いたのだろうか。

これらのクイズが、忘却探偵の事件簿からピックアップした謎解きだということを——彼女が解決し、そして今やすっかり忘れてしまった事件であることを。

もしも食事に、もしくは衣服につられて、今日子さんがゲームに参戦し、ただのお遊びだと思ってこれらのクイズの『解答』を導き出していたら、彼女は置手紙探偵事務所の看板である『守秘義務絶対厳守』のルールを破ることになっていた——動物的な本能で、それとも名探偵の勘で、そんなあってはならない事態を回避したとでも？

だとしたら——これが何度目の感心になるか早くもわからないが——やるじゃないか、今日子さん。

だがしかし、思い通りの結果でこそなかったが、こちらとしても望むところだ。私が知りたかったのは、これら三件の事件の真相そのものではない（三件目の『無職男性（37）バラバラ殺人事件』は、特に世間を賑わせた凶悪犯罪なので、まったくその真相を知りたくないと言えば嘘になる。私は人並みには、物見高い性格をしている）。

あくまでテストだった。

今日子さんが、かつて担当し、捜査し、解決した事件に、すっかり忘れた状態で向き合ったとき、果たして同じように解けるのかどうか――その再現性のテストだった。

いきなり本番に臨むほど、私も大胆ではない。ここだけの話、今日子さんを誘拐するにあたっても、まず事前に、一般女性で幾度か練習を重ねたくらいだ――もちろん、事件化しない程度の練習である。凶悪犯にはなれない。

実のところゲーム要素なんて微塵もなかった再現性のテストの結果そのものは、あまり成功とは言えないが、それでも、気付いた今日子さんが記憶をリセットすることを選んだということは、私の留守中、彼女が『問題集』を満遍なく解いた証明になる――かどうかはともかく、試み自体は有効なアプローチだったのではないだろうか？

有効だったからこそ、忘却探偵はゼロベースまで意識を巻き戻す必要があった――心地よく眠ってしまった風を装って、私の存在ごと、記憶をリセットする必要に駆られた。

それこそゲーム感覚で記憶をリセットする探偵だな……、となると、ゲームの振りをして、推理小説を読むノリで、かつての謎解きを再現してもらうという手法は変えるしかないにしても、この方向性は間違っていない。

私は正しい道を歩んでいる。

二億円も、十億円も、はっきり言って目じゃあない。ここまで費やした必要経費も、先行投資も、何ほどのものか。

金ではない。私が欲しいのは情報だ。掟上今日子から、貯金ではなく情報を引き出す。

情報は得物であり、情報は獲物だ。

入念な下調べが、探偵の誘拐すら可能にするように。

忘却探偵がそのキャリアの中で、これまで忘れ続けてきた、巨細（こさい）さまざまな犯罪案件にまつわる膨大な機密情報——リセットされたデータを復元し、独占することに成功すれば、そのとき私が得られる利益は、天文学的な数字になるに違いない。

第四話
水の捜索

1

巷間(こうかん)よく言われるように、時間は万人に平等に進む――忘却探偵にとっても、誘拐犯にとっても、忘却探偵が雇った警備員にとっても、一日は同じ一日だ。誰かの一日が二十四時間なら誰かの一日が三十時間で誰かの一日が二十時間なんてことはない。

しかし一方で、時間は非常に相対的なものでもある――忘却探偵にとっての一日と、誘拐犯にとっての一日と、忘却探偵が雇った警備員にとっての一日は、決して同じ一日ではないのだ。

とは言え僕は、それでもここで、忘却探偵のスタイルを踏襲しなければならない。つまり、一日を一生のつもりで生きて、一日を一生のつもりで考えなければならない――にっくき（と言ってしまっていいだろう）誘拐犯に対するアドバンテージがあるとすれば、唯一、そこだけだ。

百パーセント決めつけるわけにはいかないにせよ、十億円というなんともキリのよい身代金の請求が、各所に向けた時間稼ぎだろうという説には、一定の信頼がおけると思う。ということは、とりもなおさず、現時点で犯人には、稼ぎたい時間があるという意味だ――何のために時間を稼ごうとしているのかまではわからない。たぶん複数の理由がある気もする

——そこまで推理できるほど、僕の脳は探偵的にはできていない。

だが、ここで重要なのは、誘拐犯は今のところ、僕が金策に走り回っていると思い込んでいるはずということだ——あるいは、警察に助けを求めて、相手にされず、困り果てていると思い込んでいるはず。

日怠井警部のような、はぐれ者な不良警官の存在まで、仮に下調べがなされていたとしても、彼の内心——溢れんばかりの今日子さんに対する敵愾心——までは、なかなか想定できるものではあるまい。

つまり、この宙に浮いた時間をどう使うかである。

次に身代金要求——にかこつけた、様子見？　——の脅迫電話がかかってくるまでの間に……、犯人が、僕があたふたしているだけだと思っている間に、何をするか。

一晩を有効に使う。一分も無駄にせず。

お金はもう、これ以上探す必要はない。二億円でも多過ぎるくらいである。ひょっとしたら掟上ビルディングの中には、まだまだ金銀財宝が隠されているのかもしれないけれど、それをこれ以上探すよりも、探すべきものは他にある——何かはわからないが、とにかく何かだ。

手がかり、のようなものだ。

僕は探偵ではないし、捜査官でもないけれど、しかし僕にしかわからないこともある——今日子さんと同じ職場で働いている僕にしかわからないことはある。

最初に脅迫電話を受けたときは、これ以上なく狼狽したものだけれど、さすがに十二時間以上経過すると、そりゃあ嫌でも落ち着いてくる——『忘却探偵を誘拐する』。

これは可能なことなのか？

一日で記憶がリセットされる今日子さんだからこそ、のほほんとしているように見えて、警戒心は強い——野良猫を通り越して野生の猫みたいなところがある。人なつっこい笑みを浮かべていても、一定以上に近付けばひらりと身を躱してどこかに行ってしまう。

隠館氏など、その『生態』に、まんまとやられてしまっているところがある……、いいようにあしらわれている。そんな今日子さんを、犯人はいったいどうやって攫ってみせたのだろう？

入念な下調べ。あるだろう。

今日子さんの行動パターンをデータベース化し、統計学的に分析し、もっとも相応しいタイミングで決行した——じゃあ、どうして今日（日付的にはそろそろ昨日になりそうだ）が、犯行に相応しかったのだろう？

オフの日だった。あるだろう。

仕事中は、今日子さんのそばに警察官がいる可能性が高い――あるいはクライアントや、もっと言えば、別の事件の犯人がいる可能性すらある。犯人同士の縄張り争いなんてものがあるのかどうかは寡聞にして知らないけれど、どう分析しても、オンの日に探偵の身柄を狙うのは馬鹿げている。

だが、だからと言ってオフの日を狙うのが適切かと言えば、これが必ずしもそうでもない――休日だって今日子さんの気が緩むということはない。一日で記憶がリセットされる体質は、休日だろうとお構いなしだ。

むしろ休日は自分の防御だけに集中できる日という見方もできよう。

なので悪意を持って近付いてくる犯人に、あっけなく騙されるということは、そうそうない――それは犯人にもわかっていたはず。

なのに今日が特異点だった理由はなんだ？

着ていた服だろうか。同じ服を、二度は着ない今日子さん――パジャマでさえ毎日着替えている瞠目のこだわりよう。

なるほど、それは『一日で記憶がリセットされる』以外の、忘却探偵の特徴的な特徴ではあるものの、同じ服を着たことがない以上、それはデータベース化のしようがない。ただいたずらにデータが増えていくばかりで、ひらべったく広がって、積み重なることがない。スカートの日なら機嫌がいいとか、ヒールなら打ち解けやすいとか、そんな占いみたいな基準さえ、設けられまい。ヴァリエーションに富み過ぎている。

それでは傾向は読めない。

なので、犯人はそこを基準にはしなかったはずだ——着目できる点が、別にもある以上。同じ服を二度着ているところを誰も見たことのない今日子さんだが、それ以外の行動にはパターンがある。

たとえば、僕がこのシビアな職場に就職する以前に勤めていた美術館だ——彼女は何度も訪ねてきては、同じ絵画に感銘を受けていた。

そんなリピートが事件へと発展していったのは今となってはなんとも言えない思い出だが(今日子さんは忘れている)、繰り返し美術館に通う今日子さんの行動パターンを知っていれば、美術館のそばで待ち構えることができる——だろうか? まあ、これについては、忘却探偵に限らず、通常の誘拐も、そんな風におこなわれるはずだ——同じ絵画を鑑賞するために美術館に通いつめる行為を、事前に知れたなら。

ただし、あの絵画はもう存在しない。

それでも——今日子さんが繰り返しているパターンなら、他にもある。ある意味、ファッション以外のすべてを繰り返しているとも言える……、もっともそれは、忘却探偵ではないすべての人間が同じとも言えるが、中でも今日子さんの、目立つ――そばで見ていてわかりやすい、忘却探偵らしさと言えば。

彼女は同じ本を何度も繰り返し読んでいる。

2

寝室に這入るなと固く言いつけられているものの、いざとなれば、そのルールは破らねばならないだろう――言うならこれは、その一歩手前の、プライバシーの侵害だ。

僕は今日子さんの書庫を調べさせてもらうことにした。

今朝、日付的にはもう昨日の朝、ビルディングからお外に出掛ける際、今日子さんは文庫本を持っていたはずだ――ハンドバックの中に仕舞おうともせず、読みながら出掛けようとしているのを注意したから、よく覚えている。ちなみに衷心(ちゅうしん)から出た注意に対する今日子さんの返答は、

「やいのやいのうるさい。あなたは私の親ですか」

だった――朝は機嫌が悪いことが多い。低血圧とかではなく、単に、目覚めてすぐは、僕という従業員と『初対面』だから、中でも警戒心が強いのだ。

あなたは私の親ですかと言われて、親ではなく親切ですと返すのまでが一連の流れで、そ

れもまたパターンだ……、そのパターンはまあ、どうでもいい。単なる身内のノリである。唯一の身内。

気になるのは、今朝、今日子さんが持って出た本のタイトルは何だったかだ——さすがにそこまでは覚えていない。今日子さんが何を読んでいるかが、警護上重要になるなんて思ったことはない——けれど、読書の趣味選抜は、今日子さんを誘拐する上では、ことのほか重要だったかもしれない。

『あ、その本、俺も好きなんだよ。ちょっと話さない？　実はうちに、その小説の初版本があるんだよ』あるいは『実は俺、その本の作者なんだけれど』——こんな感じか？　言葉にしてみるとおよそ成功しそうにもないナンパだし、陳腐ですらないが、存外この路線は、間違っていないように思う。

成功率としては、服のセンスを褒める声かけのほうが適切だろうが、コーディネートの先読みが不可能である以上、そちらからのアプローチは不可能だ（元から犯人が、センスに溢れているケースを除く。つまり、今のところ最有力の容疑者は、一流のファッションデザイナーということになる）。

とは言え僕は重度の今日子さんマニア（隠館氏）とは違って、彼女の蔵書のすべてを把握しているわけではない——と言うより、普段、書庫には近付かないようにしている。なぜなら、今日子さんが嫌がるから。

寝室と違い、言葉に出してそう言われたことはないけれども、どうやら本の並びをいじられるのが嫌なようだ。

神経質なほどジャンル別、判型ごと、作者五十音順、出版年順に、ぴったり収納されている本棚——本屋さんか図書館のようで、この辺は、今日子さんの性格がよく出ているとも言える。

いや、いっそ資料室みたいだ。

もっとも、忘却探偵に限って、資料なんてものはない——守秘義務絶対厳守のルールにのっとっているというのもあるが、今日子さんは探偵活動にあたって、古い資料に意味はないと思っている節もある。

なので書庫にあるのは、あくまでも今日子さんの趣味に基づく書籍ばかりだ——探偵趣味の、推理小説が大半である。あとはまあ、料理本とか、辞書とか、自己啓発書（!?）とか……、『小説の書きかた』みたいな本もあった。小説を書く気なのか？

確かに、出入りを禁じられるまでもなく、この書庫の管理に、僕が手を出す余地はなさそうだが（書庫でこれなのだから、ウォークインクローゼットの中身は察してあまりある）、しかし、こうもぴっちり整理整頓された本棚には、手を出す余地はなくとも、考える余地はあった。

余地というか、隙間だ。

つまり、探偵としての注意力に欠ける僕は（探偵じゃないし）、今日子さんが持ち出した文庫本のタイトルを失念していたけれど、しかし陳列された本の並びに、ぽっかりと空いた隙間を見つけることができれば、忘却したそのタイトルを推察することも、できなくはないはず――そう思うわけだ。

穴埋めならぬ隙間埋め。

コナン・ドイルの棚に隙間が空いていて、それが『緋色の研究』と『最後の挨拶』に挟まれた隙間だったなら、今日子さんが持ち出したのは『シャーロック・ホームズの冒険』だと推し量ることができるわけだ……、全巻揃っていることが前提の、藁にもすがるような頼りない消去法だが。

幸いなことにアテはあった。

すべての本棚をつぶさに調べずとも、『たぶんこれだろうな』というくらいの傾向は、僕にも読める――本だけに。

おそらく須永昼兵衛の著作だろう。

同じ本を何度でも『初読』できる忘却探偵の今日子さんだが、そんな今日子さんがたとえ忘却探偵でなくっとも、繰り返し『再読』するであろう作家のひとりが、日本が誇る推理作家、須永昼兵衛である……、もしも犯人が、今日子さんの誘拐を企むにあたって彼女の観察を続けていたとして。

『あの本を繰り返し読んでいるな』『その傾向を、何かに利用できるかも』と閃く書籍があるとすれば、それが須永昼兵衛の著作である蓋然性(がいぜんせい)は、かなり高い――強引な論旨か？　でも、強気に出ないと、推理なんてできない。

そんなわけで、僕はまず、書庫内の須永昼兵衛コーナーから調べ始めた――なんとも拍子抜けなことに、隙間はすぐに見つかった。拍子抜け過ぎて逆に不安になったくらいだが、しかしここは拍子抜けであるべきなのだろう――これくらいあからさまにはっきりした傾向でないと、誘拐犯も、犯罪計画の軸にはおけまい。

予定通り、その隙間の両隣のタイトルを確認。

『無届けの犯罪』――空間――『黄緑少年』。

著者コーナーの中は、シリーズごとではなく、純粋に出版年に基づいて並べられているようなので、この二冊の間に出版された本のタイトルを調べればいい。この場に存在しない本のタイトルをどう調べるか？　幸いなことに、現代社会にはインターネットという、高度に発達した科学技術がある。

書庫から移動し、事務所に備え付けのノートパソコンで調べることにした。旧時代を生きる今日子さんだが、意外と掟上ビルディング内のネット環境は整備されている——そりゃあ最低限の『現代常識』を収集しなければ、仕事にはなるまい。起き抜けは門外漢でも、日が暮れる頃には僕よりもスムーズにＩＴ技術を使いこなしているくらいだ。

スマホだって持っている。持ち出さないだけで。

むしろ僕がスマホを持っていなかったりするのだから、なんとも皮肉なものである——そこは機密情報を扱うセクションさながらに、カメラのついていないフィーチャーホンを使っている。

検索の結果、欲しているタイトルは即座に判明した。『ことなかれな俺』だ——『引退警部』シリーズの第三弾らしい。

第三弾……。

そう言われてもぴんと来ないが……、僕が読んでいる須永昼兵衛とは、また別路線の須永昼兵衛らしく、ハードボイルド系のシリーズだとうかがえる。ハードボイルドか……、あまり得意じゃないジャンルだな。

僕は嘆息する。

読んでみるしかないか。

3

考えてみれば、隙間をひとつ見つけただけで、その手がかりに飛びついたのは勇み足と言うしかなかった。書庫の別の本棚も隅から隅までしっかり確認して、他にも隙間がないかどうかをぬかりなく調べなければ、持ち出したのが間違いなく『ことなかれな俺』だとは断定できなかったはずだ……、でないと、『ことなかれな俺』は単に、ベッドサイドストーリーとして、今日子さんが寝室に持ち込んだ本かもしれなかったじゃないか。まったく消去法になっていない。

だが、時間は万人に平等に流れる——ひょっとしたら、このわずかな隙間に薄めの本が差し込まれていたんじゃないかとか、そんな薄めの可能性まで網羅できるのは、最速の探偵くらいのものだ。

それに、『ことなかれな俺』（思えば意味深なタイトルだ）を読んでみて、僕は自分の進んでいる道が、間違ってはいないと確信した——こういう確信は外れることも多いのだが、今は勘にすがるしかない部分もある。

探偵の勘、刑事の勘があるならば、警備員の勘だって慧敏（けいびん）であるべきだろう……、ところで、もしかしたら気になさる探偵向きの向きもいるかもしれないので先に述べておくと、『なくなっている本』を『読んでみるしかない』という逆説的なシチュエーションを解決してくれたのは、やはり高度に発達した科学技術である。

電子書籍だ。

夜中に開いている本屋さんに心当たりはなかったし、あったとしても、大手チェーンでもない限り、在庫状況はわからない。須永昼兵衛はベテラン作家で、著作がなんと百冊もあるとのことなので、やや昔の小説である『ことなかれな俺』が置かれているとは限らない――最悪、品切れ重版未定になっている可能性もある。

そこで電子書籍――生前の須永昼兵衛は、こだわりのある昔ながらの作家らしく、作品の電子化を許諾していなかったが、死後に著作権を相続した遺族が即座に許可したようで、現在、作品の電子化が着々と進められていて、『引退警部』シリーズもその範疇に含まれていた。

なんだか、フランツ・カフカを彷彿(ほうふつ)とさせるようなエピソードだが、しかしまあ、『自分の死後、作品はすべて廃棄してくれ』と親友に頼んだときのカフカの心境が、『わかってるよな?』でなかったとも限らないので、そこについて考察を巡らせるのはよそう。今大切なのは、ビルディングにいながら、夜中であろうと、僕は電子書籍版『ことなかれな俺』を購入できたということだ。

購入には今日子さんの置きスマホを使わせてもらった。これについてはプライバシー侵害の心配はない。このスマートフォンには個人情報なんてものは一切含まれていない。指紋登録さえされていない。どころか、アプリの購入は、僕が代行しているくらいだ――なので、電子書籍の購入までのハードルは低かった。

電子書店では、時期時期にポイントがついたりのセールがおこなわれていたりするけれど、そこで価格比較はせずに、最初に目に入った書店で購入した。なんたって今夜の僕は、資産二億円の大富豪なのだから。

というわけで読み終わった。電子書籍は本の分厚さがぱっと見でわからないので、もしもこの本が原稿用紙千五百枚の大作だったらどうしようとはらはらしながら読んだけれど（隙間の幅からしてそんなことはないはずと信じつつ）、流し読みだったこともあって、なんとか三時間くらいで読めた。

先述の通り、成果はあった――いや、本当ならば小説を読んだ以上、小説そのものについての感想も述べるべきなのかもしれないけれど、残念ながらシリーズ作品を途中から読んだため、ハードボイルドの面白さに目覚めさせてはもらえなかった。流し読みは罪だ。

それはともかく、自動車である。

シリーズを途中から読んでしまった僕にも、主人公の『引退警部』のシンボルが、彼の乗り回すクラシック・カーであることは理解できた――はっきり言って、須永昼兵衛は、事件や謎よりも、その旧車の魅力を描きたかったんじゃないかと思わされてしまった。実際、表紙にもそのクルマの写真が使用されているくらいだ——ひょっとして、タイアップしていたのか？

いずれにしても、ハードボイルドの魅力には目覚めなかったけれど、僕は旧車の魅力に目覚めつつあった。

そんな場合ではないが……、書庫をあさったときは、誘拐犯は小説の内容をフックに、今日子さんをつり上げたんじゃないかと浅い予想をしていたけれど、それよりも、フックになったのはこの自動車じゃないのか？

誘拐犯が誘拐を目論むときに必須の道具立てが何か、なんて悪辣な想像力を働かせてみると、ロープとか、手錠とか、目隠しとか、覆面とか、まあそんなあれこれの小道具もあるだろうけれど、絶対にニーズが大きいのは、自動車という気もする。

ヘリコプターでターゲットを上空からピックアップするという乱暴な手段もあるにはあるかもしれないけれど、まあ、時間がないときに、その可能性は考慮しなくていいだろう（今日子さんならするだろう）。

自動車は最小単位の密室と言える。被害者を閉じ込め、移動する密室だ——問題は、被害者をどうやって車内に誘い込むかだが、もしも犯人がこの旧車を利用——悪用したのであれば、その点を見事にクリアできる。

わざわざ声をかけるまでもなく、今日子さんのほうからほいほい近付いてくるかもしれない……、そんなトラップを仕掛けようと思うならば、今日子さんが『引退警部』シリーズを読んでいる日を狙うだろう。

誘拐されたのが今日（もう昨日）だった理由が、これではっきりしたと言える——犯人は今日子さんが『引退警部』シリーズを読んでいる日を狙ったのだ。『ことなかれな俺』でなくとも『引退警部』シリーズであればそれでいいわけだし、十億円以上の何かが狙いであるなら、気の長い話でもない。

新しく読んだ本で仕入れた言葉や身についた知識は、その直後に目につきやすくなるもので、そういう偶然は、なんだか嬉しくなってしまうものだ——その偶然を、運命だと思ってしまうくらいに。

そのテンションの隙をつかれたか。

まして今日子さんの観察眼である、走っているクルマを追いかけかねない——探偵の探索能力を逆手に取られている。

ううむ、と思わず唸ってしまった。

就職して以来、これまで僕は、今日子さんの探偵としての手際に感心させられてばかりだったけれど、今回図らずも犯人側の思考をトレースしてみて、あの人達はこんなに考えて犯行に及んでいるのかと、変に感心してしまった。

その思考力を犯罪ではなく別の方面で発揮すればいいのにと、余計なお世話と言われかねない感想を持たざるを得ない——褒めちゃ駄目なんだろうが、なんともアクロバティックな一手である。

だが、と思う。

推理小説でも実際の事件でも同じだが、捜査陣の思惑を逆手に取るタイプのトリックは、それが露見したときに、逆に犯人を限定してしまう難点がある——何の工夫もない場当たり的な、行きずりのありふれた犯行が一番捜査しづらいと、いつだったか、今日子さんが言っていた。

犯人が特別であるほど、特定しやすい。

極論、『下調べが入念だった』という時点で、犯人はここ最近、今日子さんの近辺で活動していた人物だと、限定することができるように——そして、犯行に旧車を使用したはずという推理が的を射ていたなら。

誘拐犯は、該当の旧車を所有しているオーナーであると限定できるのだ——旧車が、珍しければ珍しい車種であるほど、限定できる。

4

もうすっかり真夜中だが、一応の協力を約束してくれた日怠井警部に連絡を取れば、自動車の持ち主を特定できるかもしれない。

正直、そこについては知識がないので（僕はぺらっぺらのペーパードライバーだ。警備会社に就職する際、現金輸送車のガードを想定して免許証を取得こそしているものの、その技能を発揮する前にクビになってしまった）よくわからないのだけれど、運転免許証を交付する権限を持つのは、確か各都道府県の公安委員会だったはずだ。

マイナンバー制度やビッグデータが普及する以前は、運転免許証こそが、個人情報管理の最大手だったのだ——犯行に自動車を使用したという推測は、犯人が運転免許証を所有しているという前提に成り立っている。誘拐という大罪を犯す前に、無免許運転で捕まっては目も当てられまい。

犯人は頭がいい。敵を軽んじても特にいいことはなさそうなので、まずそう設定する。少なくとも自分のことを名探偵に匹敵するくらいには、頭がいいと思っている。

そういう人物は、僕のようにあまり頭のよくない人物を、あまり頭がよくないと、妥当に判断する傾向があって……、十億円の身代金を要求すれば、唯々諾々と、それに従い金策に走ると、決めつけるところがある（実際、そうだった）。
なので、今日子さんを誘拐するために旧車を用意するなんて先行投資が、僕に露見すると
は想像だにしていないはず——だから、免許証を偽造するようなことはしていないと思うの
だ。
僕に誘拐トリックがバレるより、その偽造がバレる危険性のほうが高いのだから。
同じ理由で盗難車を使用したとも思えない……、犯人は正規のルートで、正規の方法で、
必要な車のオーナーになったと考えられる。
で、ここから先がわからないことなのだが、警察は車種からオーナーを特定することはで
きるのだろうか？ そうだったらいいのにと心から思うものの、……正直、できない気がす
る。
その情報管理に大して意味があるとも思えない……、どの車種がどれくらい日本国内で普
及しているかというデータが欲しいのは、むしろ自動車業界のほうじゃないだろうか？ 警
察はナンバープレートさえわかればいいはずだ——というわけで、僕が次に手に入れなけれ
ばならない情報は、犯人が使用した旧車の、ナンバープレートだった。
通常、誘拐——に限らず、犯罪に自動車を使用する際、犯人は言わずもがなの理由で、ナ
ンバープレートを隠したり、取り替えたりする。けれど今日子さんを——名探偵を誘拐する

際に限っては、その隠蔽工作は使えない。そんな小細工が名探偵にバレないわけがないからだ。

そこまで犯人が把握しているかどうかは定かではないけれど、以前、今日子さんが教えてくれた『頭の体操』に、道行く自動車のナンバープレートの数字を四則混合して『10』を作り続けるというものがある――探偵としては、『頭の体操』以上に、普段からナンバープレートを意識することは、いざというときのための心得みたいなものなのだろう。

なので、下手な小細工を――上手にでも――したら、今日子さんが却って怪しむ恐れがある。これは向こうから自動車に近付いてきてもらうプランなのだから、外観に違和感があってはならない。

普通ならばどうかしているくらいに危険な賭けだが、誘拐する対象が忘却探偵なら、ナンバープレートを晒そうと、もっと言えば素顔を晒そうと、支障はない。

目的（お金以外の何か）を果たしたあと、今日子さんを解放すれば、彼女は自分がどのように誘拐されたかはおろか、自分が誘拐されたことさえ覚えていないのだから――ここまでのやり口からして、この誘拐犯は、どうも犯行が成功したときに、その後のリスクを下げることに意識を集中している。

足を掬われることをあまり想定していない。そこが付け目だ。

具体的に言えば……、今日子さんを観察することに終始して、そんな自分が周囲から観察されている可能性については、あまり頓着(とんちゃく)していないのではないだろうか？　なるほど、確かに、こんな当て推量だけじゃあ、犯人を特定することはできない——旧車のオーナーを、家に居ながら、即座に特定することは難しい。

だけどどうだ。

もしも今日子さんを攫うために、今日び珍しい旧車を使ったのだとすれば、今日子さん以外の人間だって、その車種には注目するんじゃないのか？　須永昼兵衛の読者じゃなくても、カーマニアの目を意図せず引いてしまう可能性に、犯人はきちんと対策を打っているのだろうか？

打っていない気がする。と言うか、打ちようがない気がする。

つまり、指名手配犯の目撃情報を集めるのではなく、該当の旧車の目撃情報を集めれば——もしも僕が捜査の指揮を執る責任者なら、すぐさま地取りのローラー作戦を開始するところだが、現実には、捜査班さえ組まれていない。

ここで再びインターネットの出番だ。芸能人よりもレアな車種であるなら、その目撃情報がネット上に出回っている可能性は極めて高い——プライバシー的には完全にアウトだが、町で見かけた珍しいクルマについて言及するくらいなら、みんなやってしまっているんじゃないだろうか。欲しいのは、できればリアルタイムな実況だ。スマホで撮った写真をアップしてくれていたりすると最高だ。犯人が写っている可能性がある。

ちなみに、ものは試しと、その不毛な検索作業を始める前に、白髪眼鏡のお洒落さんの目撃情報もインターネットで収集してみた——が、該当の人物は現れなかった。

何に守られているんだ、あの人は。

誘拐犯からは守ってもらえなかったようだが……、それくらいは自分でなんとかしろということか？

まあ、そう簡単に解決するなら、探偵も警察もいらない……、それは旧車の目撃証言探しについても同様だった。

どうして僕がこんなサイバー捜査官みたいなことをしなければならないのかと、危うく自分を見つめ直すための時間になりかけた……、情報が見つからないのではない。むしろ見つかり過ぎて困る。

そこまでレアな車種でもないのか？　いや、年代別で、似たような形状の自動車も、多数発売されているのだ……、きっとブームになった型のようなものがあるのだろう。違うクルマを、そのクルマだと勘違いした証言も多々見受けられる。

これはまずい。僕はこの町の、せいぜい市内の口コミ情報が集まればそれでよかったのに、インターネットは世界中から情報を集めてしまう。今日子さんのように頭の回転の速い人や、マンパワーを割ける警察機関ならまだしも、僕個人の情報処理能力では、膨大な目撃情報を取捨選択するだけで、はやばやと夜が明けてしまいそうだ。

ネットサーフィンに溺れた結果、たらふく海水を飲んだかのように、胸がいっぱいである。頭もいっぱいだ。

もうこの際、一度寝てしまってすっきりした頭で、攻略プランを一から考え直したほうがいいんじゃないかとさえ思い詰めたが（匙を投げかけたとも言う）、今、こうしている瞬間も、囚われの今日子さんはまんじりともせず、眠気をこらえ、自力での脱出を試みているはずだと、僕は己を奮起させる。

まあ、正直な気持ちを言えば、警察署の留置場内でもふてぶてしく過ごしていた今日子さんが、誘拐犯の監禁場所でまんじりともせず起きているかと言えば、そんな風にはとても思えないのだけれど……、忘却探偵がすやすやスリーピングビューティーを気取っている中、僕が徹夜で慣れない調べ物をしていると考えてしまうと心が折れそうなので、その件についてはできるだけ考えないことにした。

代わりに考えた。

忘却探偵のスタイルを踏襲すると言っても、僕が今日子さんのようである必要はない。ここまでの不甲斐なさを見ていただければおわかりの通り、すべての可能性を網羅し、取捨選択するなんて——ハードワークをスピーディにこなすなんて、やっぱりどう考えても僕の仕事じゃない。

時間は万人に平等に流れるが、同時に相対的——今日子さんには、今日しかない。今日子さんにとっては、毎日が『人生最後の日』なのだ。同じ二十四時間に対する取り組みかたがまるで違う。『明日で人類が滅亡するなら、あなたはいったい何をしたい？』なんて心理テストに、『知恵をしぼって、今日中に人類を救います』と答えてしまうようなおそるべきヒーロー気質だ。

真似できない。やってみて痛感した。

誘拐された人質（か、どうかはさておくとして）を救出するという大義を前にすると、どうしても全力を尽くし、するべきことをすべてしなければ、怠慢であるように錯覚しがちだ——いや、錯覚ではなく、実際にそうなのだろう。

だけど、百問ある問題を百問すべて解こうとしてタイムアップを迎えるよりも、自分が解ける二十問を確実に、着実に解けば、それで二十点は取れるんじゃないのか？　それに、その二十問の中に、配点が五十点の問題もあるかもしれない——いや、このたとえは適切じゃない。

くじにたとえたほうがわかりやすい。百枚のうち、当たりくじが一枚あるのなら、百枚引けば絶対にあたる――これが今日子さんのやりかただとして、僕に引ける限度が二十枚なら、その二十枚を引けばいい。

それで当たるかもしれないじゃないか。五分の一は決して悪い確率じゃない。いや、こんな状況なら、百分の一でさえも、とても頼もしい確率だと言える。

範囲を絞ろう。

厳密な取捨選択なんてしなくていい、細々した分析もごめんだ。絶対間違いないと、僕でも判断できる情報だけをかき集める。『かもしれない』情報や、『合理的な疑いが残る』情報を、ドラスティックにさっぴく。

『絶対にありえない可能性をすべて取り除いて最後に残った可能性は、どれほどありえなそうに見えても真実だ』という名言は耳に痛いが、名探偵ならぬ僕は、真実にしか見えない可能性を集めよう。

『それっぽい』でもなく、『そう思える』でもない、『そうとしか考えられない』ネット情報に踊らされよう。

今日子さんを誘拐するために誘拐犯が旧車を使ったのだと想定することはできるけれど、下調べでつけ回したときにも同じクルマを使っていたとは考えにくいか？　準備が整う前に寄ってこられたら——それはそれでいいのか、どうせ翌日になれば、今日子さんはそれを忘れる。むしろいいテストになる。最初はこの二十四時間程度の目撃情報に絞って情報収集をやり直そうと思ったが、じゃあ、この一ヵ月くらいで絞ろう。あんまり絞り込みに条件をつけ過ぎると、検索結果がゼロになる。

直近一ヵ月。掟上ビルディング近辺。完全に車種が、年代まで含めてはっきり特定できて、ドライバーではなくとも、ナンバープレートが写り込んでいる写真付き。

これならどうだ？

四角い部屋を丸くはくような情報収集から、導き出された検索結果は四件だった。そのうち二件はダブっていたので、つまり発見できた（と、確信できた）ナンバープレートは三枚だ。

当該の旧車にひっついていたナンバープレート……、残念ながら角度の問題なのか、それともウインドウにスモークが貼り付けられているのか、どの写真でも、運転手の姿は見えない。

だが、これでオーナーの名義確認はできるはず……、名義確認ができれば、その名前から運転免許証を辿れるかも……、三人のドライバー……、三人の容疑者……。

よし。

何がよしと言って、僕が気付いたことに向こうが気付いていないことが、何よりもよしだ。

さあ、日怠井警部に電話である。もう深夜も深夜だが、今日子さんと違って、なぜか日怠井警部なら、今夜は徹夜してくれているはずだと、ナンバープレートよりも確信できるのだった。

5

ネット情報で少なくとも三分の二以上の確率で善良なドライバーを犯人呼ばわりするという、あってはならない悪行を働いてから時を経て——誘拐犯から、三度目の脅迫電話があった。

「もしもし」

第五話　青の脱出劇

1

誘拐犯である私が忘却探偵から、忘却された機密情報をサルベージするために立てた第二のプランは、まるでテレビゲームのラスボスよろしく『この謎が解ければ、家に帰してやろう』と宣言することだった——だが、明らかにプランAに引きずられたこの案を、廃棄しないわけにはいかなかった。

失敗を取り戻そうとすると、失敗を繰り返すだけだ——取り戻そうとするのではなく、完全にリセットしなければ。

その点は忘却探偵を見習おう。

大体、今日子さんは、取引には応じてくれるかもしれないが、脅迫に応じるタイプだとは思えない。これは観察結果ではなく、実際に話してみての印象である。彼女の職業意識は予想よりも遥(はる)かに高い……、探偵であることに、強くこだわっている。

ならば、次に逆手に取るべきはそこだ。

探偵が欲するものは何か？　難解な事件。魅力的な謎。

そしてクライアントだ。

依頼人の振りをする——そして事件の解決を依頼する。クイズとしてではなく、実際に起きた事件として……、つまり私は『事件』の関係者の振りをして、今日子さんに依頼するのだ。

そのためには、まず今日子さんの拘束は解かねばならない。安楽椅子からも下ろし、ベッドに寝かせる必要があるだろう。事件の最中に寝てしまった忘却探偵に、クライアントであるこの私が、依頼の概要を説明する……、何もおかしなことはない。

拘束は解くとして、監禁についてはどう説明しよう？　さすがにこの部屋から出すわけにはいかない。リスクが大き過ぎる。

では、犯人から追われて逃げ込んだパニックルームということにしようか……、ただ事件中に眠ってしまったと説明するより、犯人に眠らされてしまったと説明したほうが、名探偵としても受け入れやすいはずだ。プライドを守ってさしあげなければ。信頼関係を築けるクライアントであるためには、『私が事件中にうっかり眠ってしまうなんてありえません』と反論されることは避けたい。

幸い、これについては私が犯人であり、実際に今日子さんを車内で眠らせているので、説得力のある嘘がつけると思う。ほとんど本当みたいなものだ。

そうなると、しかし、最初に渡した三問のクイズの再利用も叶（かな）わない。あれら三つの事件に、犯人が暴力的に逆襲してきたり、避難スペースにクライアントと隠れたりするような、アドベンチャーに満ちた事件は含まれていない。

だが、忘却探偵がかかわったと思われる手持ちの事件のストックは他にもわんさかある——アレンジは必要だろうが、偽装、擬態が可能な事件には事欠くまい。

ここで大切なのは、私が本命だと考えている、つまりもっとも欲している機密情報が含まれる事件に、そのプランが適用できるということだった——だからこそ着想を得た。もちろん、それをいきなり試すほど愚かでもない。失敗しても、今日子さんの記憶はリセットされるだろうが、ここでは念には念を入れてきちんとテストしたい。

β（ベータ）テストという奴だ。

そもそも、これは忘却探偵から失われた記憶を引き出そうという試みだ……、あまりリセットへ過剰な期待をかけるのは、自家撞着（じかどうちゃく）している。頭では覚えていなくても、身体が覚えているということもあろう……、既に一度失敗している身だ、あくまでも油断禁物でいこうではないか。

そうと決めれば、素早く行動しなければ。今日子さんが目覚める前に、しなければならない準備が山ほどある。

最速の探偵が相手なのだ。

私は最速の犯人にならねば。

2

結論から言うと、プランBは失敗した。プランBのβテストは失敗した。それも、プランAより破滅的な失敗だった——最速の失敗である。危うくすべてが破綻するところだった、もしも事前に対策していなければ。

順を追って話そう。

今日子さんを安楽椅子からベッドに移動させ、目覚めを待った——違う、順を追うなら、その過程でしたことがひとつある。私は今日子さんを着替えさせた。遠回しにセンスが悪いと責められて、おとなしく黙ってはいられない。私にも意地がある。いや、意地だけの問題ではない。

目覚めたときに今日子さんが、『こんなダサい服を、よもや私が自分で着るわけがない』と思ってしまえば、私のプランB——名付けてクライアントプランは、その時点でおじゃんである。

『犯人に眠らされた』はまだしも、『犯人に着替えさせられた』は、あまりにも真実に近過ぎる——ならば元の格好に戻せばいいと考えかけたが、それもまずい。

今日子さんは一日で記憶がリセットされる体質でありながら、同じ服を二度着ることがない……、その噂が真実であることは、地道な観測結果から裏付けられている。どういう仕組みなのかはわからないが、それがわからない以上、もう日付を跨いだのにもかかわらず、今日子さんに同じ服を着直させることは非常に危険に感じる。

たぶん本人にしかわからないルールか、それともシステムがあるのだろう……、だとすればそんなおっかないものには抵触したくない。

私が欲しいのは機密情報だけだ。

犯罪者界のファッションリーダーになる気は毛頭無い……、犯罪者になる気もない、この誘拐事件はリセットするのだから。

そんなわけで、私は椅子から下ろした今日子さんを寝かしつける前に、再び自分のセンスで名探偵を着替えさせるという工程を踏んだ。考えてみれば贅沢な話だ。お洒落で有名な探偵を、着せ替え人形にしようというのだから……、冒しているリスクの高さを鑑みれば、さして役得とも思わないが。

さてさて。

仕事中であることを思えば、半袖はまずかろう。今日子さんは仕事中は肌の露出を抑える傾向がある……、マナーのためじゃなく、『備忘録』を隠すためだ。秘密メモのスペースを確保するためには、長袖が望ましい。そして下半身も、パンツではなくスカートが望ましい……、でないと、備忘録を確認するたびに、いちいちショーツを晒すことになる。まあ、スカートをからげるのも、決して上品だとは言えないが——その辺を軸に組み立てることにした。

オレンジのシャツがどうやら不評だったようなので、今度は薄い水色のパフスリーブなんかを用意した。マキシ丈の青いスカートをそれに合わせてグラディエーションを作る——こういう工夫がお洒落なんじゃないのか？

幸い、救いはあった。

一度目の『着せ替え』時、もっとも強く駄目だしを受けた靴について——今回目覚めるのはベッドの上だ。つまり、靴は脱がせておいていい。第一印象での直感を回避できれば、ベッド脇に揃えてあるシューズに少々の違和感があったところで、まあまあ誤魔化しうる。探偵らしい実用性ということで機能的なスニーカーを揃えた。

とは言え、事前に用意してあったアイテムでは、パターンにも限界はある。最終的な出来映えに満足できたとは言いにくい。役得どころか、ぜんぜん楽しい時間じゃない——だが、それでも私は頑張った。へとへとになってのち（精神的疲労だけではない。眠っている人間を着替えさせるという作業は、短時間に二度おこなうには、消耗が激し過ぎる）、今日子さんをベッドに移し替えた——そのあとは自分用の椅子じゃなく、私は安楽椅子のほうに座って、ぐったりと、もといゆったりと、眠り姫の目覚めを待った。

なんだこの時間はと思いながら待った。

まあ、今頃揃えられっこない身代金をかき集めているであろう警備員に比べれば、有用な時間の使いかたをしていると自分に言い聞かせた。それとも、そろそろ警察に連絡して、相手にされず、途方に暮れている頃だろうか？

彼には悪いことをした。

二億円を用立てられるほどの能力を有しながら、それでも力が及ばず、誰にも信じてもらえず、味方がひとりもいないというのは、どういう気分なのだろう？

そんなことにつらつら思いをはせているうちに、「むにゃむにゃ……」と、今日子さんが目を覚ました。

前触れのないその覚醒（かくせい）に私が身構えるよりも早く、上半身を起こすよりも先に、今日子さんは左袖をまくった——『身体が覚えている』か。寝ぼけまなこで直筆の備忘録を確認する——『私は掟上今日子。白髪。眼鏡。二十五歳。置手紙探偵事務所所長。一日で記憶がリセットされる忘却探偵』。

その視認は、演技開始の合図だった。

「気がつきましたか、今日子さん！　私がわかりますか、どこまで覚えてます⁉　私は依頼人の——」

しかし、演技派ではない私がアドリブでひねり出した、事実に基づく作り話を、最後まで口にすることはできなかった。

「67点！」

今日子さんはそう声を張り上げながら、私の首筋を華麗に蹴った——スカートだったからさぞかし蹴りやすかったと見える、ついでに太ももも下着も見えたが、それはともかく、靴を脱がせておいて本当によかった。まかり間違ってハイヒールでも履かせていたらこれでおだぶつだったかもしれないと思うくらい、強烈なキックだった。

バリツでこそなかったが、なかなかどうして、機敏な動きだった——それは、私を蹴倒したのちの行動もしかりだった。

ベッドのスプリングを利用したのか、今日子さんは跳ね上がるようにジャンプして、体操選手よろしく床に着地したかと思うと、私には目もくれず、そのまま白髪を振り乱しつつ、しかし音もなく駆け出した。

出口に向かって。

「あっ……！」

と、私は気付く。67点とは何のことだろうと不可解だったが、どうやら私のコーディネートに関する点数らしい――前が何点だったか知らないが、及第点をもらえた前回よりも、どう考えても下落している気がする――頑張り過ぎたのか？

そして引き続き、愚かな私はもうひとつ気付く。

今、日、子、さ、ん、は、眠、っ、て、な、ど、い、な、か、っ、た、の、だ。

彼女はずっと、寝たふりをしていた――馬鹿げたことに数時間にわたって、それを悟らせず。身動きせず、緊張を強いられながら、安らかに寝ているふりを……、いったいどんな忍耐力なのだ？

つまり、記憶はリセットされていなかった……、私が誘拐犯で、ゲームと称して機密情報を引き出そうとしていたことを、今日子さんは完全に覚えている。しかし、ならばなぜ、今になって行動を起こした？　そのまま寝たふりをし続けていればよかったのに、あるいは、もっと早く逃亡を図ってもよかったはずなのに。

その答はすぐにわかった――今日子さんが出口に辿り着く前に捕まえようと、立ち上がろうとした際、私の足がもつれたので。

どうやら今日子さんは、私が『疲れる』のを待っていたらしい――『眠る今日子さん』を着替えさせるという重労働で、私がへとへとになるのを。着替えさせることまで予想できたとは思えないが――予想できたか？　そのために、遠回しに――挑発的に私のセンスを否定するようなことを言ったのか？

考え過ぎかもしれない。

たとえ私が意地になって、今日子さんのファッションチェックにリベンジを挑もうとしなくても、徹夜で今日子さんを見張っていれば、そりゃあ『疲れる』——そのタイミングを、薄目を開けることもなく、今日子さんは待ち続けた。狩人のように。

そして私が室内にいる以上、出入り口に鍵はかかっていない——厳密に言うと内側から鍵をかけてはいたが、それで可能な足止めは、せいぜい一秒だ。

もつれた足をほどいて、私はなんとか立ち上がり直したが、その頃には室内から、今日子さんの姿は消えていた——最速の探偵。

逃げ足も速い、容赦なく。

以上が、プランBが悲しくも壊滅に至った経緯である——我ながらしまったものだ、あとから思えば、自分でも信じられないようなしくじりに満ち満ちている。

私は嘆息しつつ、とぼとぼとした足取りで、開けっ放しになった扉へと向かう——気分的には、ショックを全身に浸透させるために、いつまでも棒立ちになっていたいくらいだったけれど、そうもいかない。もたもたしていると私が閉じ込められてしまう心配もあったから
だが、それ以上に。

それ以上に、今日子さんが心配だ。

まあ、部屋から飛び出し、逃げ場がないことを認識したからと言って、世をはかなんで身投げをするようなタイプだとは思わないけれど――万が一ということもある。

私が外に出ると、果たして、忘却探偵は。

甲板の向こう、船の舳先で、「…………」と、天を仰いでいた。

3

今日子さんをどこに監禁するかというのは、下調べとはまったく種類の違う課題だった――アクティブな名探偵である彼女が、しずしずと監禁されるタイプとは思えない。

指一本動かせないほどがちがちに拘束すれば、もちろん手品師でもない限り脱出不可能だろうけれど、何度も言うよう、それは私の望むところではない……、無傷でリリースする予定である以上、暴力は振るえないのだ。

少なくとも、最小限。

なので、考えた末、私が出した結論は、洋上に監禁するという方法だった……、最初に思いついたのは、潜水艦に監禁するという壮大なアイディアだった。考えるだけでわくわくするアイディアだったが、これはさすがに実行不可能だった……、潜水艦なんて、十億円あっても買えっこないし、たとえ買えても、操縦できっこない。限定解除どころの話じゃない、いったいどんな免許が必要なのだ？

なので船舶で妥協した。

中古のヨットなら、先行投資として十分釣り合いの取れる額だった……、と言うか、正直、誘拐実行のためのツールの、旧車のほうが高かった。船舶免許は、個人的には取得しやすかった、潜水艦免許に較べれば。

最終的には旧車もヨットもどちらも転売する予定なので、一時的な借金みたいなものだと思っている……、陸地から距離を取った場所に船を停泊させ、陸地との移動はゴムボートでおこなう。

エンジンキーを抜いて、ついでにゴムボートの空気も抜いておけば、船は絶海の孤島みたいなものだ。

今日子さんは絶対に逃げられない。

いわば青海(おうみ)の檻(おり)である。

とは言え、ここが船であること自体、本当は隠し通す予定だった。そのために部屋も改造したし、ゆらゆらと心地よい安楽椅子を用意した……、船のエンジンキーもちゃんと抜いてあるけれど、それでも天候次第で、多少は揺れるので。

「今日子さん、部屋に戻ってください。そんなところに立っていると、危ないですよ。海に落ちでもしたら大変です」

泳いで帰れる距離ではない。

四方八方を見渡しても、陸地は見えない……、まだ暗いからというのもあるが、たとえ快晴の昼間でも、せいぜい水平線のそばに、小島が見える程度だろう。

「……あなたをぶちのめして、ヨットかボートの、エンジンキーを奪ってもいいんですけれど」

と。

今日子さんは振り向いて、物騒なことを言った——とは言え、腕を伸ばして構えた掌底（しょうてい）はあまりさまになっていなかったので、格闘技の心得がある風には見えない。あのキックはやはり偶然のビギナーズラックだったのか。

名探偵なら誰もがバリツを使えるわけではないと知れたのは収穫である。

「それよりもあなたと取引したほうが手っ取り早そうですね、誘拐犯さん。いいでしょう、この大規模な手口。あなたを私の敵として認めてさしあげますとも」

笑顔だった。

疲れが吹き飛ぶような。

4

監禁部屋——改造した船室内に戻った今日子さんは、いやにおとなしかった。おとなしいというより不気味だった、安楽椅子に座ったかと思うと、

「どうぞ、縛り直してくださいな」

と言ったくらいだ。

「四方を海に囲まれているんじゃ、縛られていようと縛られていまいと、どのみち一緒ですからね。グルだと思われてもなんですし、囚われの身としての立場は、堅持しておきたいので」

ふむ。なるほど。

計画していたストックホルム症候群とは、まるで真逆の展開ではあるけれど、これはこれで、対等な立ち位置に並べたとも言える——取引か。

名探偵に敵として認められたことで浮き足立つほどのミステリーマニアではないけれど、話は進めやすくなった。

ただし、囚われの身の今日子さんから、拘束前に要望もあった——捕虜の扱いについての不満だった。

彼女はベッド脇に揃えられたスニーカーを見遣って、

「せめて靴は別のものを用意していただいてもいいですか？　この不具合には耐えられません」

と申し入れて来たのだ。

67点よりも評価が下がってしまうことを思うと、打ちのめされた私では反論のしようがない……、私は観念して、あらかじめ用意しておいたスニーカー以外のシューズを、すべて彼女の座る安楽椅子の前に並べた。

今日子さんが選んだのは紐サンダルだった……、こう言っちゃあなんだが、そんなにハイセンスには思えない。こういうのも味があるかと思って、遊び心で買った一品なのだけれど……、と、訝しんだところで、私は『ひょっとして』と思い当たった。

「今日子さん、ひょっとして、足を痛められましたか？」

先ほど、私の首筋を蹴ったときだ——私のほうは、痛みも引いてきて、どちらかと言うと首よりも、倒れたときに床に突いた手首のほうが痛いくらいだったが、打撃というのは、殴ったり蹴ったりしたほうも、相応のダメージを負うものだ。まして、華奢な今日子さんである。素足で私を蹴り飛ばしたときに、変にひねったんじゃないのか？　それで履き心地が楽そうな、紐サンダルを選ぼうとしている？

「うふふ。優しい誘拐犯さんですねえ。思いっきり蹴られたのに、私の足首のほうを心配してくださるなんて」

からかうように、今日子さん。

優しいだなんて形容されると挨拶に困る……、心配したというのは確かにその通りだけれど、私が心配したのは、それで足首が腫れでもしたら、最終的に今日子さんの記憶がリセットされたところで、痕跡が残ってしまうことだ。

純粋に今日子さんの身を案じたわけではない……、いや、いかんいかん。罪悪感を植え付けられてどうする。これはトラップだ。

「大丈夫ですよ、ほら、なんともないでしょう?」

今日子さんは安楽椅子に座ったまま、足首をぴょこぴょこ動かしてみせた——その柔軟な動作はよどみなくスムーズで、確かに、ダメージはなさそうだった。少なくとも、目に見えるようなダメージは。

「というわけで、履かせてもらえます? 指定のサンダルを。私はこの通り、拘束されちゃっていますので」

スリーピングビューティーかと思えば、今度はシンデレラ気分か? なんだか、完全に探偵のペースに乗せられている感じだったが、それもまたよしだ。

目的が果たせれば、私は勝つ必要さえない。

私は彼女の足下に跪くようにして、紐サンダルを履かせた――サイズは事前に調べてあるので、どれもぴったりのはずだ。

足のサイズなんてどうやって調べるんだ？　という疑問にお答えしておくと、今日子さんが、履き物を脱ぐ形式の和食レストランで食事を取る際に、下駄箱を調べたのだ……、ああ、もちろん了承しているとも。たとえ靴の中に隠されていた一万円札に手をつけなかったところで、危険である以上に、犯罪である以上に、それは変態的な行為だ。

だがこうして役に立つ。

結果として、その紐サンダルは今日子さんが履いた途端に、それまでにない輝きを放ち始めた――いや、厳密に言うと、紐サンダルではなく、全身のトータルコーディネートが、見事に整った。

靴ってそんなに大事だったのか？

どうやら私に気を遣ってくれたわけでもなく、単純に今日子さんは、私では及びもつかないその途方もないセンスで、シューズを選択しただけのようだった――罪悪感ではなく敗北感を植え付けられてどうする。

まあ、怪我がなかったのなら何よりである。

「それで、今日子さん。先ほど、取引と仰いましたが――あなたは、どこまでなら妥協できますか？」

「妥協ですか？」

「ええ。私の目的は、もうおわかりでしょう？」

「どうやらお金じゃなさそうですね。十億円様では。お金以外に欲しいものがあるなんて、私には信じがたいですが」

さすが『お金の奴隷』の異名を取る忘却探偵である……、十億円に様付けをするあたり、異彩を放っている。

そしてやはり、その身代金要求のことを覚えているということは、今日子さんはこの部屋で最初に目を覚ましてから、一睡もしていなかったようだ。

つまり、膝の上に置いた三問のクイズ――『問題集』のことも覚えている。

「察するに、あなたが欲しているのは情報ですよね？　私が忘却探偵として、かつて解決した事件の機密事項を欲している……」

「今の時代、情報は力ですからね」

今の時代、と言っても今日子さんにはぴんと来ないかもしれない……、なので私は、説明を付け加えておくことにした。

「現代では、データそのものが探偵みたいなものです。収集された統計情報が、まるでDNAを読み解くように、個人像を編み上げる。それゆえに、情報公開と情報保護が、同時に叫ばれる世の中です——そんな中で、あなたのような忘却探偵の存在は、非常に貴重だ。貴重と言うより希少です」

「それゆえに、私から引き出した難事件や不可能犯罪の概要を、隠された真実やトリックを、独占したいと仰る？」

トリックは別にどうでもいいな……、と思ったが、しかし、それはそれで使い道があるかもしれない。まだおおっぴらになっていないような犯罪の手法は、悪党のマーケットで一定の需要がありそうだ。

「その通りです」

詳細は省いて、私は頷いた。対等な交渉が始まったとは言え、わざわざすべてをつまびらかにするつもりもない。

「もしも私が欲する情報をあなたが開示してくださるなら、今日子さんをすぐに陸地までお送りすると約束しますよ。もちろん、記憶はリセットして、私のことは忘れていただきますが」

「それはありがたい。でも、そういうことでしたら、とてもお力になれそうもありませんねえ」

今日子さんは穏やかに、しかしきっぱりとそう言った。

「探偵としての職業倫理もありますが、それ以前に、私は『眠るたびに記憶がリセットされる忘却探偵』ですので」

今日子さんは、今は袖で隠れている左腕の備忘録を、そう暗唱した。

「事件の概要なんて、これっぽっちも覚えていませんよ。もしも私から、過去の記憶を引き出す方法があるというのなら、むしろ喜んで協力したいくらいですけれどねえ——私も、自分の秘められた過去に、まったく興味がないというわけではありませんから」

「…………」

どこまで本気で言っているのだろう？　正直、遠目に観察した彼女の振る舞いからして、己の正体を知りたがっている風には思えなかった——普通、記憶喪失になれば、その記憶を取り戻そうとするものだと思うのだが、オフの日の彼女の行動は、一貫して『暇潰しのうまい人』だった。

己の足跡を辿ろうとしたなんてことは、一度もなかった……、すべてをつまびらかにするつもりがないのは、あちらも同じか。

化かし合いである。

「そのためのクイズ形式だったんですがね。たとえ記憶から消去されていても、あなたが一度は解いた謎で、解決した事件です。経緯をまとめた概要を一読すれば、同じ答を、同じ犯人を、同じ真相を導き出せるんじゃないですか？」

「そのアイディア自体を否定するつもりはありませんよ。うまく考えましたよね。ただ……、ここは要チェックなので、よく聞いてくださいね？　実はあのとき渡された三問のクイズが、私に解けたかと言われれば、ぜんぜん解けていないのですよ」

「え？」

「『更級研究所機密データ盗難事件』『アトリエ荘事件』『無職男性（37）バラバラ殺人事件』——でしたよね？　いや、もうさっぱりでした。あなたの言動からして、あれらが私が過去に解決した事件であることまでは推理できたのですが、肝心の中身ときたら……、あ、でも、一問目は、たぶん、隠館厄介とかいう怪しい奴が犯人なんじゃないかと思います」

どこまで本気なのだ——どこまで本当なのだ。

てっきり、あの三問に答を出したから、眠ってリセットしたのだと思っていたが、そのリセットがフェイクだっただけでなく、解けたという前提すらも、私の勘違いだったというのか？

一度解けた問題が、二度目は解けないなんてことがあるわけない——と強く詰め寄りたいところだが、しかし、そういうこともあるだろうと思ったから、私は本番前にテストの機会を設けたのではなかったか。

そもそも、学生時代の試験を思い出せば、前日に家での予習では解けたはずの問題が、試験本番には手も足も出なかったなんてことは、ままある……、私の通信簿と忘却探偵の事件簿をまさか同列には語れまいが、考えてみれば、問題文のほうに不具合があった可能性もある。

警察の作った報告書じゃない、私が独自に作成したファイルだ。正確さにも、情報量にも限りはある。

そうでなくとも、紙上で読むのと、実際に現場で探偵活動をするのとでは、まるで違うということもある……、その具合を知っておく必要があってこそ、私は三パターンのトリプルチェックをおこなおうとしたのだが、全問不正解の無回答というのは、あんまり想定していなかった。

計画通りにいかないことを心得ながら、最悪の事態を想定できないのは、どうも私の悪い癖だ……、最悪の癖だ。とは言え、すべてが今日子さんのはったりという可能性が、今のところはもっとも高いのも事実である。

はったりは、普通、できないことをできると言い張ることだけれど、この場合は逆のはったりだ——できることをできないと言う、解ける謎を解けないと言う。

「いやはや、誘拐犯のあなたに協力したいのはやまやまなのですが、人間にはできることとできないことがありまして。身の丈を超えた情報を求められても、ほとほと困り果ててしまいますよ」

困るのはこっちだ。

これなら、まだしも『忘却探偵の名誉にかけて、クライアントを裏切るようなことはできません！　守秘義務は命をかけて、命に代えても守り抜きます！』とでも、宣言してくれたほうがやりやすかった。

置手紙探偵事務所の警備員に対して十億円という、とても支払えない額の身代金を要求したのは、身代金を払わせないためだった——だが、今日子さんに対して、身の丈を超えた要求をすることは無意味だ。

それを承知した上で、今日子さんはそう言っている——身の丈。

そんな論陣を論破するためには、できることをできないという今日子さんが、やればできるんだと証明することか……、なんでそんな面倒見のいい家庭教師みたいなことを、私がしなければならない？

本人が気付かないうちに、謎をうっかり解かせてしまえばいいのか……、だがしかし、職業探偵である今日子さんは、魅力的な謎があれば、それを解かずにはいられないタイプではない。

たとえこんな状況じゃなくても、依頼料がもらえないなら解けた謎も解けないと言いかねないビジネスライクな面も、この探偵にはある。

じゃあ、いっそお金で釣るか？

誘拐犯が人質にお金を払うだなんて前代未聞にも程があるけれど、それで解決することなら——だが、旧車や船舶の入手に、有り金のほとんどははたいてしまっている。すってんてんである。

掟上ビルディングの警備員が、予想外にも用意したという二億円のことが頭に過ぎる……、まるで計ったような好都合——いやいや、それをアテにするわけにはいかない。身代金の受け取り時が、誘拐犯にとって一番危険な瞬間であることは、犯罪者じゃなくても常識だ。

それに、二億円の身代金では、ぎりぎり警察が動きかねない……、脅迫電話が悪戯電話で済むと予測できるのは、要求額が漫画チックな、桁違いの十億円だからだ。

そもそも、いくらお金にうるさい名探偵と言っても、忘却探偵が課された守秘義務を金で売るということは考えにくい——私がそう頭を悩ましていると、今日子さんのほうから、

「まことに遺憾です。もしも私が本調子だったら、解けたかもしれませんが」

と、助け船があった。

否、それは助け船ではなく、泥船だったかもしれない。

「こんな個性的な服を着せられていては、不調で当然ですからねえ――」

5

その後、日が昇った頃に、私は置手紙探偵事務所に、三度目の脅迫電話をかけた。こうなるともう今日子さんから離れるわけにはいかないので、今度は公衆電話からではない、船上からだ。

「もしもし」

第六話 藍（あい）の取引

1

脅迫電話をかけるにあたって県境を跨いだ公衆電話を使う、知能派の犯人を気取るのはもうやめたが、しかしうかうか今日子さんのそばを離れられないからと言って船上から、手持ちの携帯電話で掟上ビルディングに発信するほど、私も間が抜けてはいない。

正確に言うと携帯電話は使った。もっと正確に言うとスマートフォンだ——ただし、電話回線は使っていない。

いくら置手紙探偵事務所が、守秘義務絶対厳守の看板を立てているからと言って、この状況でもなお、ナンバーディスプレイや逆探知のシステムを組んでいないと楽観することは、不可能に近い。

十中八九問題はなかろうと確信しつつ、それでも最悪の事態は想定すべきだと、忘却探偵とのやりとりの中で、私は学んだ。なので電話回線を使うのではなく、データ通信で発信した——IP電話というのだろうか？　海外のサーバをいくつも経由して、発信元をわからなくするというあれだ。

犯人らしく自白しておくと、私はそれが、どういう仕組みで発信元を隠してくれているのか、ちゃんとは理解できていない。どうして海外のサーバを経由すれば発信元が不明になるのだろう？　海外から日本に電話をかけると、発信者表示が『通知不可能』になるのと同じ理屈だとアタリはつけているものの、真相はミステリーだ。私はマニュアルに従っただけだ。元々、念には念を入れての行為である。

それよりも、辺りに陸地が見えないくらいに沖に出てきているというのに、それでも電波が届く、携帯電話会社の企業努力に感謝だ。少しでも通信環境を整えるために、電波を求めて監禁部屋から外に出て（閂をかけた。忘れずに）、快適な体感温度とは言えない甲板で通話しなければならなかったが、今日子さんに聞かれたくない話もあるので、それはむしろ好都合とも言える。万が一、私が逮捕されるような事態になったとしても、犯罪に使用したキャリアは、名誉にかけて伏せよう。

「もしもし」「もしもし」

と、同時に切り出すことになった——当たり前ではあるが、掟上ビルディングの警備員は私からの電話を心待ちにしていたようだ。脅迫電話を心待ちにするというのも、なんともおかしな心境だろうが……。

名前は親切守だったかな？

『アトリエ荘事件』の際の、今日子さんのパートナーだ……、それだけなら、特に警戒には値しない。

クライアントだったり、事件関係者だったり、あるいは警察関係者だったりと、今日子さんが誰かとペアを組んで事件解決に挑むこと自体は、よくあることだ。

しかし親切守の場合、事件後、置手紙探偵事務所の従業員になったことが、思えば特筆に値する。

名探偵に対する助手——シャーロック・ホームズに対するジョン・H・ワトソンとは違うのだろうが、それでも、独立独歩でリセットを続け、誰とも繋がりを持たないことで個性を確立している忘却探偵が、唯一雇い、のみならず事務所に住まわせている以上、きっと彼には何かがあるのだろう。

サムシングエルスという奴だ。

なので、それもあって私は十億円の身代金を求めるという時間稼ぎを仕掛けたのだが、やはりただ者ではなかったようで、彼は、全額ではないものの、二億円をひねり出してみせた。まさかとは思うが、ひょっとすると、このわずかの時間に、彼は八億円の儲(もう)けを出しているかもしれない……、その場合はどう対応したものか。前の電話で伏線を張っていた通り、身代金の値上げを試みるべきか？

いやいや、状況は既に劇的に変わっているのだ……、今日子さんと交渉した結果を、私は警備員に伝えねばならない——そんな風に、頭の中で構築し直した筋道を整理していると、音声変換器を通しての二言目が出遅れた。
先取点を許してしまった。
「高中たか子さんですね？」
特筆すべき警備員はそう言った。
私の名を呼んだ――八億円の儲けどころではない。
親切守は、犯人の名前まで導き出していた。

2

僕は、必ずしも犯人の名前まで導き出してはいない――いいところ三分の一であり、より公平を期すならば、もっと割合は悪い。真相率と言うのだろうか、部分点はもらえて十点だ。だってネット検索で導き出した三枚のナンバープレートの中に、誘拐犯がいるとは限らないのだから。

だが、電話の向こうの反応からして、どうやら僕はラッキーボーイらしいと、胸を撫で下ろした――まあ、言わせていただけるなら、単なるラッキーでもない。それなりの手順は踏んだ。

日怠井警部は夜中にもかかわらず、僕からの要請に快く応じてくれた。正直に言うと、快くではない……、『こういう作業は私の担当ではありませんな』とか『厳密にはこの行為は違法ですな』とか、終始ぶつくさ文句を呟(つぶや)きながら、ぼやき混じりにナンバープレートの持ち主を調べてくれた。

ただ、そんな毒づく言葉の端々から、彼が多少なりとも今日子さんの身を案じていることは察せられた……、それを細かく指摘して、相手の機嫌を損ねるほど、僕も空気が読めなくはない。

そして教えてもらった三人の名前——三人の容疑者名は、以下の通りだった。

『久慈薫(くじかおる)』

『高中たか子』

『本野伝三(ほんのでんぞう)』

……そこまでわかれば、同様にデータベースに登録されているであろう住所や年齢、生年月日、はたまた犯歴まで、日怠井警部にはわかったに違いないが、しかし、名前以上の個人情報は明かしてもらえなかった。

当然だろう。

不良警官にだって越えられない一線がある……、現時点でも、冤罪製造機は、相当踏み越えた仕事をしてくれている。

経過はきちんと報告することを約束して（無茶をするなという約束もさせられた……、自分ではかなり堅実なつもりだが、そんな無軌道なタイプに見えるのだろうか？　確かに、置手紙探偵事務所に勤めている時点で、相当に破天荒な人生ではある）、僕は「おやすみなさい」と、見えない相手に頭を下げ、電話を切った。

そして推理の時間だった。探偵ごっこだ。

念願の容疑者名は入手できたが、これだけではまだ、ナンバープレートを入手した時点と、僕にとっては大差ないとも言えた。

もっと変わった名前だったら――たとえば隠館厄介氏のような――またもやネット検索で、個人情報を収集するという悪趣味な捜査も可能だが、三人とも、検索すればそれぞれ一万人ずつ同姓同名がヒットしそうな、ごく普通の名前だ。

容疑者を三人から三万人に増やしてどうするのだ？

とは言え、無機質な数字の並びであるナンバープレートと違って、人の名前には、意味がある――両親なり、祖父母なり、先祖なりの意図がある。もちろん、姓名判断で犯人を決めつけるところまで、まだ僕は追い詰められていない――画数を理由に犯人を特定しようとは思わない、まだ。けれど、たとえ占いの心得がなくとも、確かなことがひとつあった。

容疑者三名のうち、『高中たか子』は女性だ――よっぽど進歩的なご家庭に生まれでもしない限り、普通、男の子の赤ちゃんに、『○○子』と命名することはない。『親切守』では、男女どちらか断言することは難しいが、『掟上今日子』なら、女性だとまず断定できるように——『高中たか子』は女性と考えていい。

同様に、『本野伝三』は、男性だろう。『久慈薫』は、僕と同様に、名前だけでは性別不明である……。

男ひとり、女ひとり、性別不明ひとり。

ナンバープレートよりは個性豊かだ。

当初、なんとなく僕は、犯人は『久慈薫』か『本野伝三』だと憶測した——誘拐という凶悪犯罪は、どう考えてもなにがしかの暴力性が伴うわけで、腕力が必要なんじゃないかと思ったのだ。

だが、そんな感覚は『なんとなく』でしかない。

女性の誘拐犯だっている。

ここは男女平等で考えるべきだ——と、そう思い直したときに、はたと気付いた。

いや、むしろ犯人が女性であるほうが、今日子さんは誘拐しやすいんじゃないだろうか？

なるほど、お散歩中に大好きな推理小説に登場するクラシック・カーを見かけたら、今日子さんは一も二もなく、理性を失って駆け寄るかもしれない——けれど、知らない男の車の助手席に、ほいほい乗り込むほど、のぼせあがってしまうだろうか？　のぼせあがるかもしれない。あの人はそういうところがある——だけど、そうでないところもあるはずだ。

ドライバーが女性だったなら？　警戒心は半減……、は、しないまでも、いくらか減殺されそうなものだ。

うん。これはありそうだ。

と言うか、そうであってくれればいい。

もしも犯人が女性なら、三名の容疑者をそれぞれ別の角度から分別するような、うんざりするような手間をかけなくていい——一発で断定できる。というのは言い過ぎで、『久慈薫』の存在がある以上、一発ではできない……、名前だけでは男女の区別がつかない。『薫』名の男女比を、一応検索してみたが、さすがにそんな統計は、ぱっとは出てこなかった——なので、ここはシンプルに、1：1だと考えよう。

今日子さんの身持ちの堅さを固く信じて、まず犯人を女性だと断定する。この時点で、『本野伝三』を容疑者から除外できるとして……、残る容疑者は『久慈薫』と『高中たか子』。『久慈薫』は、男性である可能性が二分の一、女性である可能性が二分の一——高中たか子は、女性である可能性が百パーセント（と、仮定する）。

つまり、ええと……、数学である。ここまで可能性だの確率だの、さんざん述べてきたのだから、理系じゃなくっても、これくらいの確率は計算できないと。

犯人が女性であるとするなら、『久慈薫』が犯人である可能性は四分の一、『高中たか子』が犯人である可能性は二分の一（四分の二）だ。

直感に従うと、四分の一と二分の一では、そんなに差があるようには思えない。僕の頼りないくじ運では、どちらを選んでも外してしまいそうだ——そもそも最初の二分の一（男女）の時点で、外しているかもしれない。

第一この当て推量には、僕の希望的観測も大いに含まれている……、誘拐犯が女性ならば、誘拐犯が男性である場合よりも、今日子さんの身に危険は迫らないんじゃないかと、浅はかにも期待している面がある。

こういう期待は、通常、探偵の目を曇らせてしまう——僕が探偵でない証拠である。だが、僕が探偵であろうとなかろうと、それでも四分の一と二分の一では、倍違うのだ——勝負を賭けるなら、当然、『高中たか子』に賭けるべきだった。

賭けるしかなかった。

正解率が高いから賭けるしかないというのもあるが、そうでない限り、僕が今日子さんを救出できるチャンスはほとんど消えてなくなるからだ。

「高中たか子さんですね?」

かかってきた脅迫電話に、そう切り出したときの僕は、冷や汗でびしょびしょだった——テレビ電話でなくて本当によかった。いや、テレビ電話だったら最初の電話で、犯人の性別どころか、顔までわかっていたわけだが——だが、テレビ電話でなくとも、誘拐犯が受話器の向こう側で、言葉を失ったのがわかった。

「な——」

そのまま反応を窺(うかが)っていると、性別不明の合成音声のまま、誘拐犯——『高中たか子』——が、何かを言いかけて、やめた。

言いかけたと言うより訊きかけたのだろう、『なんでわかった?』と。

だが、誘拐犯とて、そんな質問に僕が答えるわけがないことは、重々承知している。ならば質問者の立場になることは、脅迫する相手に付け入られる隙になる——もっと言えば、弱味になる。

訊くは一時の恥、訊かぬは一生の恥とはよく言うものの、それは教室や会社での話だ——誘拐犯と探偵事務所のやりとりの中でも有効な諺(ことわざ)ではない。まあ、もしも僕が古今まれに見る正直者だったとしても、そんな質問に『ほぼほぼあてずっぽです』と答えることはないだろうが……。

ともかく、向こうが二の句を継げずにいるなら、こちらから二の矢を放とう。

「身代金は用意できました。現金で二十億円です。これなら文句ないでしょう？」

3

二十億円――絶対に嘘に決まっている。

無茶な要求の、更に倍額を用意した？　できるものか。金儲けをなめるな。

だが、誘拐犯である私の名前を突き止めたという『実績』のあとにそう言い切られると、あながち切って捨てられない。

身代金の増額という駆け引きを、完璧に封じられた形だ――なめていたつもりも、軽んじていたつもりもなかったが、それでも親切守を、名探偵でも助手でもない、あくまでもボディーガードであり、推理や捜査は専門外だと考えてしまっていた感は否めない。

終わりか？

名前を知られた以上、ゲームオーバーか？　どこまで知られている？　住所や電話番号は？

今日子さんを閉じ込めているこの船の場所も？　いや、それはない……、さすがに、ないはずだ。

もしもそこまで判明しているなら、既に私の手は、後ろに回っているだろう……。

「誤解しないでください、『高中たか子』さん。僕はあなたと取引がしたいだけです……、警察には、まだ知らせていません」

私が混乱から立ち直れずにいるうちに、親切守がそう申し出てきた。警察には知らせていない？

これは本当か？

これも嘘に決まっている——とは言い切れない。

だが、仮に本当だとして、それをここで申し出る意味はなんだ？　あたふたする犯人を、ほっとひと安心させてあげようという老婆心か？

自虐的にそう考えたものの、案外、それは的を射ているかもしれないと思った……、なぜなら、そう考えたのが私のミスだが、親切守は探偵ではない。助手でもない。ボディーガードであり、今日子さんの身を案じるのが仕事だ。

ここで誘拐犯を追い詰め過ぎて、私がやけになる事態だけは絶対に避けたいはずだ——死なば諸共とばかりに、私が今日子さんを傷つける可能性を、彼としては考慮しないわけにはいかない。

親切守は、私の身柄を司法に委ね、正義の裁きを食らわせることを目的とはしていないのだ——究極的には、無傷で今日子さんが帰ってくるなら、所詮、私のことなどどうでもいい。

だから取引の余地はある。通常の誘拐犯としての取引の余地が。

たとえ実際には警察に通報していたとしても……、今ならまだ対処できる。

過ぎたことを反省するのはあとだ。

確かに、私はリセットの利かない相手に名前を知られた。

これで終わってもおかしくない。

だけれど、私が現在取引をしている相手は、親切守だけではない……、その直前に『人質』である忘却探偵とも取引をしている。

いや、駆け引きか。

彼女が彼の上司であり、雇い主である以上、命令系統が機能しているならば、まだ私に目はある。

「それはよかった。なぜなら、私は『高中たか子』ではありませんから」

遅まきながら、否定しておいた。無駄なあがきかもしれないが、肯定するよりはいいだろう――ほんの少しでも動揺してくれればめっけものだ。観念するにはまだ早い。

ただし、誘拐犯ぶった横柄な口調はもうやめていいだろう――あれはやっていて笑ってしまいそうになる。

本来、私は誰に対しても礼儀正しい人間なのだ。

「二十億円、用意できたのですか？」

「今日子さんの無事を確認させてください」

私の無意味な念押しを無視して、親切守は強気に出てきた——幸い、その願いは聞いてあげられそうだ。

私は甲板から船室内に戻る。

電波が途中で切れなければいいのだが。

4

「初めまして。探偵の掟上今日子です」

電話口の向こうから聞こえたそんな声に、僕は思わず、安堵のため息をついた——これは控えめな表現であり、ありのままに申告すると、膝からその場にぶっ倒れた。

今日子さん。無事だったか。

いや、その姿を確認したわけじゃないのだから、まだ無事と決めつけるのは時期尚早ではあるものの、しかしその——もちろん、合成音声化されていない——声を聞く限り、大怪我をしているとか、苛烈な捕虜虐待を受けているとか、とりあえずそういうことはなさそうだった。

むしろいつも通りの、腹が立つほどふてぶてしい今日子さんだ。

それは、次のような台詞からも証明されている。

「あなたはどちら様ですか？」

脱力せざるを得ない台詞である。ない知恵を絞って、今にも切れそうな細い糸をこわごわたぐるようにして、なんとかこぎつけたこの通話だというのに、今日子さんのほうは僕のことを、綺麗さっぱり忘れているというのだから——何度会っても、毎朝毎朝『初めまして』の初対面。

まあ、それはいい。わかっていたことだし。日々痛感していることでもある。

それよりも、実際、こうして通話にこぎつけられたことがまだ信じられずにいて、受話器を持つ僕の手は震えていた……、こんなにあっさり、今日子さんの声を聞けるなんて。

だから『あっさり』じゃあない。

この一晩で、一生分くらい考えた。

ちゃんと正当に努力して得た成果だ——いや、正当というには、かなり荒っぽい推理も含んでいたし、ギャンブルに出た部分も大きかったけれど、それでも、僕はできる限りのことをした。

こちらが向こうの正体——『高中たか子』——を突き止めた（わけではなくとも）から、

観念したのだろうか？　二十億円用意したと宣言したことや（嘘だ）、警察に知らせていないことを伝えたのが（これも厳密には嘘だ）、戦略的に有効だったのかもしれない——けれど、どうやら向こうには向こうで、動きがあったようである。

己の努力は努力として認めてあげなければ成長がないとしても、すべてがそのお陰だと考えるのは傲慢（ごうまん）だ……、今日子さんなりに、脱出プランを組んだり、犯人と交渉したりの、そういう試行錯誤があってこそ繋がった通話に違いない。

「僕は親切守です。二十七歳。置手紙探偵事務所警備員で、あなたの部下です」

「なるほど。あなたが私の忠実な部下ですか」

忠実とは言っていない。

こういうやりとりも、朝、事務所で交わす分には牧歌的なのだが。

「ええと、では、余計なことを言うと殺すと言われていますので、用件だけお伝えしますね。いいですか？」

「え、あ」

「念のために言っておきますが、メモを取ったり、この通話を録音したりは、しないでくださいね。あなたも置手紙探偵事務所の職員ならおわかりでしょうが」

そう言われて初めて、この通話は録音しておくべきだったことに気付いた。誘拐犯の声と、正体を指摘された際のその反応、そして行方不明の今日子さんの声——これだけ証拠が揃えば、さすがに警察だって、捜査班はまだ組めないにしても、動いてくれるはずだった。

自力で導き出した結論のようなものに、どれだけ慎重でいたつもりでも、ついつい高揚して、浮き足だってしまっていたのだろう——悔やんでも悔やみきれないミスだ。

「？　どうしました？　録音を停止しましたか？」

「い、いいえ。最初から録音はしていません」

犯人がすぐそばで聞いているに違いないことを思うと、ここで正直に答えることは僕の愚かさの象徴でしかなかったが、

「それは素晴らしい。あなたは最高の男性です」

と、上司から褒めれた。最高の男性とは、褒めたたえられたと言っていいレベルだ——付記しておくと、うちの上司は、滅多に部下を褒めてくれない。

「さて、親切さん。親切守さん——守さんとお呼びしても？」

「は、はい。日によりますが、今日子さんからはそう呼ばれることが多いです」

「では、守さん。あなたに用意してほしいものがあります」

「み——身代金ですか？」

「いえ、お洋服です」

「お洋服？」

その意外な言葉、と言うより場違いな言葉に、僕はぽかんとなってしまった——お洋服？　十億円の身代金は法外な要求だったが、それでもまだ金銭ではあった……、しかし、お洋服とは？

「詳細は省きますが、私は現在、思考しなければならない立場に置かれています。立場と言いますか、座っていますが——おっと失礼、もう言いませんので」

「？」

台詞の最終節がよくわからなかったが、どうやら僕ではなく、近くにいるであろう誘拐犯に言ったらしい。

立っているのではなく座っていると。

それくらいの情報を漏らしたところで、なんてことはなさそうだけれど……、それとも、そんな特徴的な椅子に座らされているのだろうか？　その椅子の形状から、監禁場所が推測できるような？

……そんなわけないか。

考え過ぎはよくない。

「とにかく、私はこれから推理をしなければならないので、そのためのお洋服を準備していただけますか？　あなたが私の擁する職員であるなら、私のクローゼットへのアクセス権は当然お持ちですよね？」

クローゼットへのアクセス権？　そんな大層なもの、与えられていたかな……、寝室に這入るなとは言われていたが。大体、今日子さんがその探偵力を発揮するには、お洋服が必須アイテムだという設定自体、初耳だった。

だから今日子さんは、『同じ服を二度着ない』のか？

すぐそばで犯人が聞いている以上（たぶん、スピーカーホンにしているはず……、今日子さんにすぐ代われた以上、当たり前だがこの通話は公衆電話ではない。コインの音もしないし）、迂闊な相槌は打てない。

なんだかんだ言って、向こうの状況はまるでわかったものじゃないのだ――『お洋服』を欲しがっているのは、今日子さんではなく犯人かもしれない。ひょっとして狙われたのは、今日子さんの貯め込んだプール金ではなく、膨大な容量を誇るクローゼットだとか……、馬鹿馬鹿しい。

僕はあなたの通販サイトではないのですがという、咄嗟に思いついた、僕にしては気の利いた返しも、控えておこう。

「どんな『お洋服』を用意すればいいのでしょうか？　僕のセンスで選んでもいいのであれ

ば……」

「それは絶対にやめてください」

なぜ僕のセンスが駄目だと決めつける。『初めまして』なのに。

「ターコイズブルーのタートルネックをサマーニットで、オーキッドのチノパン、アウターはカジュアルな丈長めのパーカーを鶸色（ひわいろ）のもので、靴下はいりません、シューズの色はお任せしますので、ローファーをお願いします」

お願いしますと言われても……、いや、まあ、今日子さんは忘れているけれど、彼女が僕に服を持ってこいと命令するのは、必ずしもこれが初めてではないのでお願いの内容そのものには、そこまでの戸惑いはないにしても。

警護対象の着衣に通じておくことは僕の任務のうちだと、強引に自分を納得させていたが、その使い走りのような役割が、まさかこんな形で役に立とうとは。

厳密には役に立っていない。

今日子さんから言われた『お取り寄せ』の内容が、今回、僕にはほとんど理解できなかったからだ——コンピュータ関係の専門用語を羅列された気分だ。

少なくともこれまで、僕を走らせるときには、婦人服の素人にもわかりやすい、かみ砕いた表現を使ってくれていたのに、どうしてよりによって、今回に限って——色くらいしかわからなかった。

もっと正直に言えば、色もわからなかった。ターコイズブルー？　蛸っぽいブルーか？

蛸の血は青いと聞いたことがある……、ザリガニだったっけ？

かつて美術館に勤務していたとは言え、僕は美術を専攻していたわけではない——僕にわかるのは藍色までだ。

そんな迷いが、無言のうちに伝わったのか、

「わからないようであれば、色見本をご覧ください。どこかにあると思いますので」

と、今日子さんがアドバイスをしてくれた——色よりも、形状を教えて欲しいところだったが、残念なことに、今日子さんとの会話はそこで終わった。

無機質な合成音声が「わかりましたか？」と、戻ってきた。

「三時間後、あなたが今いる、掟上ビルディングに、私が直接受け取りに参ります。それまでに、今日子さんのいう『お洋服』を準備しておいてください——お金はいりません、参考までに」

5

状況は飛躍的に進展した、ようでいて、非常に困ったことになった——とんでもないこと

になった。

『お洋服』一式を揃えろというのは、一見すると、十億円を用意しろという課題に比べて、難易度が格段に下がったように思えるけれど、僕にとってはなんとも言えない無茶振りだった。

記録するなと言われたが、今日子さんから命じられた馴染みのない言葉が、どんどん頭の中から消えていく——忘却探偵のリセットとは違う、じわじわ消えていくこの感じ。

馴染みのない言葉とは、こうもはかなく頼りないのか——完全に忘れてしまう前に、早く対処しないと。

今度のタイムリミットは三時間。

三時間以内に、名探偵に衣装を準備する——ううむ、勝負服と言うか、戦闘服みたいなものだろうか。

クローゼットへのアクセス権、みたいなことを言っていたが……、でも、今日子さんが一度以上記憶をリセットされているのなら、今現在、自分がどんな服を所有しているのか、把握できていないはずだ。

それとも今日子さんのクローゼットには、古今東西、すべての服が網羅されているというのだろうか？

だったら逆に、そんな深淵に踏み込みたいとは思えない……、多過ぎる選択肢は、人を思考停止に陥れる。だったらおとなしくアパレルショップに向かって、婦人服売り場で、店員さんに教えを乞うたほうが間違いがなさそうだ——そうしようか？

ああ、駄目だ。アイディアはいいが、時間がよくない。そういったショップは、早くても午前十時オープン、通常は午前十一時オープンだ——現在時刻は七時。

開店を待っているだけでタイムリミットを迎えてしまう。

日怠井警部に助けを——求めてどうなる。ナンバープレートから自動車の持ち主を導き出すことができるからと言って、婦人服に詳しいとは限らない。どころか、あの不良警官が僕よりも婦人服に造詣が深いとは、とても思えない。

じゃあ、誰か、婦人服に詳しい人に助けを——普通に考えて、婦人服に詳しいのは、婦人である。

紳士服を着る者としてなんとも誇らしいことに、僕の女性関係は非常に慎ましやかである——こういうときに助けを求められる婦人が、母親くらいしか思いつかなかった。そして、そんなことで僕の彼女への尊敬は微塵も揺るがないけれど、僕の母親は、自慢できるほどファッショナブルではない……、単純に世代の違いもあろう。

結局、自力でなんとかするしかないのだ。また。

今日子さんが帰ってきたら絶対に昇給を求めることを神に誓って、僕はまず、探偵のアドバイスに従って、色見本とやらを探し始めた。

第七話　紫の解決編

1

今頃、警備員の親切守は、今日子さんに言われた『お洋服』を探して、ウォークインクローゼット内を右往左往している頃だろうか？　同情を禁じ得ないが、残念ながらそんな彼の苦労が報われることはない……、なぜなら、午前十時現在、私は掟上ビルディングに向かっていないからだ。

遅刻ではない。行く気もない。

彼には、横暴な上司にさんざん振り回された挙句、待ちぼうけを食らってもらうしかない。申し訳ないけれど、今後一切、コンタクトを取る気もない――危険だ。

はっきり言って、今日子さんがコスチュームを欲したときには、『まあ、そういうものなのかな』と私も納得しかけた……、名探偵にはそれぞれ、独自のスタイルがある。

アスリートで言うところの……、なんだったか、ルーチン？　という奴だ。不勉強で、それほど詳しくはないのだけれど、金田一耕助は、推理するときに、逆立ちをするんだっけ？小説準拠なのか、それとも映画オリジナルなのか……、シャーロック・ホームズの鹿撃ち帽(しかうちぼう)は、挿絵作家の発案だそうだが……、ともかく、今日子さんが自分で服を選ぶことは、忘却探偵にとって験かつぎじみた大切な手順なのだろうと、納得しかけた。

だけどそんなわけがないと、すぐに思い直した——そりゃあ誰だって、アスリートだって名探偵だって、気分の問題で、調子がよかったり悪かったりはするだろうが、大勢に影響はないはずだ。

気分の問題は、気分の問題でしかない。

ゴールまでのタイムに差は生まれるかもしれないけれど、できることができなくなるということはなかろう……、私は今日子さんに、最速の探偵であることなど期待していない。じゃあ、いったい、彼女は何を企んでいる？

なぜ、自分で服を選ばせろなどと言って、私のコーディネートをこれでもかとばかりに否定する？

私が親切守に十億円を要求したのと同じで、何らかの時間稼ぎだろうか……、お色直しの着替えタイムを設けているうちに、助けが来るのを待っているのだろうか。だが、「だから、親切さんとやらに、私の服を持ってくるよう、頼んでくださいな」という言葉を聞いて、ぴんときた。

なるほど、そういうことか。

身代金十億円という途方もない価格を、現実的な『お洋服』と置き換えることで、誘拐犯である私と警備員の親切守に、接点を持たせようとしている——つまり、営利誘拐が失敗するベストタイミング。

受け渡しをおこなわせる気なのだ。

私が欲しているものが身代金でない以上、そんな受け渡しの瞬間は永遠に訪れないはずだったのに、私が欲しているもの——難事件の機密情報——を手に入れるためには、そのベストタイミングが不可避になってしまうところだった。

名探偵のトリックを看破してやった！　という気分になるよりも、むしろ呆れた——にこにこしたまま、なんて嫌なことを考えるんだ。

私の嫌がる手段ばかりを、次々に繰り出してくる……、私なんかよりもこの人のほうが、よっぽど犯罪者に向いているんじゃないのか？

ならば下手に即応しないほうがよさそうだと、私は判断した——まんまと罠にはまった振りをして、親切守に脅迫電話をかけて、名探偵とボディーガードを話させてあげた、スピーカーモードで。

あまり暴力的なことはしたくなかったけれど、ここが船上であることや、私の風体を絶対に話さないようにと、刃物を持って脅した——ぜんぜん怖じた風もなかったけれど、そこは呑み込んでくれたようで、今日子さんは基本的には、持ってきて欲しい『お洋服』の話しかしなかった。

まあ、今日子さんが伝えるまでもなく、親切守は誘拐犯の素性を把握していたわけだが……。

私を刺激しない範囲で、もう少し助けを求めるようなことを言うんじゃないかと想定していたけれど、どうもそんな感じじゃなかった——椅子に縛り付けられ、携帯電話と同時に刃物を向けられているにしては今日子さんは快活に話してはいたけれど、脇から見ていた限り、あまり部下を信用している風ではない。

でも、それも当然か。

昨夜のリセットは嘘寝だったとしても、その前、私が誘拐したときのリセットは、間違いなく本当だ——最初に『初めまして』と言っていた。

つまり、今日子さんは『親切守』が信用できるかどうかを、計りかねている——『親切守』が実在するかどうかもつぶさに疑っている。だから通話中、腹を割っていないどころか、相手の腹を探っていた——まあ、確かに私に共犯者がいたなら、その手は使えたかもしれない。

まったく、友達は大事だ。

裏を返せば、その辺りの関係性を逆手に取ることはできなかったわけだ——今日子さんがどうして親切守を雇ったのか、それさえはっきりしていれば、私にも彼を利用できるとも思っていたのだが、まあ儚い望みだった。

だが、今日子さんから親切守への『お使い』の内容が聞けただけで十分だ。

『ターコイズブルーのタートルネックをサマーニットで、オーキッドのチノパン、アウターはカジュアルな丈長めのパーカーを鶸色のもので、靴下はいりません、シューズの色はお任せしますので、ローファーをお願いします』

メモを取ることも許されなかった親切守が、今頃四苦八苦しているだろうことは想像にかたくない――通話中の反応からして、親切守が婦人服に精通していないことはまず確実だった。

私も67点のファッションセンスではあるけれど、さすがに男性よりは婦人服に詳しい自信がある。男性の職業がスタイリストでない限りは。要するに、親切守にわざわざ用意してもらうまでもない、十時になって、アパレルショップがオープンすれば、今日子さんのコスチュームは私がこの手で揃えられる。

服のサイズは事前に承知している――タグさえ切っておけば、新品であることは問題ないだろう。

同じ服を二度着ない今日子さんなら、手持ちの衣装は、全部新品みたいなもののはずだ……、『私のクローゼットの服と違う』なんて見抜かれる心配はない。今日子さんはクローゼットの服を覚えていないのだから……、仮に目印をつけていたとしても、その目印のことも忘れている。

ショップで購入したお望みの衣装一式を、『親切守から預かってきた服だ』と言って手渡せば、いかに図々しい今日子さんといえど、ぐうの音も出まい――それは推理を先延ばしにする言い訳がなくなると同時に、救助の望みが絶たれるのと同義なのだから。警備員も、彼が頼ったかもしれない警察も、受け渡しの瞬間に私を捕らえられなかったと知れば（誤解すれば）、彼女もいい加減諦めがつくだろう。

網羅推理が、ありとあらゆる可能性を高速追及する推理なら、そのありとあらゆる可能性を、すべて封じればいい――こちらの望む道を除いて、すべて。今日子さんを縛るのなら、安楽椅子ではなく一本道に縛りつけるべきだったのだ。

2

すんなり買い物を終えて、ゴムボートを係留しておいた、ほとんど使われていない寂れた港――桟橋らしき残骸と言ったほうが正しいかもしれない――に戻ってきた私が、海の向こうに目にしたものは、沖へと向かう大量の、海上保安庁の巡視艇だった。

少し見栄を張った。『すんなり』とはいかなかった。おそらくは親切守と同程度には苦戦しただろうことは、遺憾ながら認めざるを得ない――そこから足がつく恐れがあったので、すべての衣装を同じ店舗で揃えるわけにはいかなかった都合もある。数々のアパレルショップの入ったショッピングモールで、エスカレーターに乗りまくっていると、自然、時間も経過するというものだ。プロの接客のお世話になったことも、ついでに告白しておかねばフェアではあるまい。

だが、時間がかかった本当の理由は――私が最速の使い走りになれなかった本当の理由は、買い物を続けるにつれて、『これでいいのか？』という疑念が脳裏を過ぎって、残像のようにつきまとったからだ。

言われたレシピ通りにアイテムを揃えているものの、これらの衣装を組み合わせたところで、そんなハイセンスなコーディネートになるとは、とても思えなかったのだ。67点のセンスが何を言っているのかとお考えだろうが、67点のセンスでもそう感じてしまったのだから、仕方がない。感性までは制御できない。

一流ブランド同士のデザインが喧嘩をしているのかと思ったけれど、そういうわけでもなく、単にパーツごとの色合いが、どうにもマッチしない気がした。

メモを取ることも許してもらえなかった哀れな警備員と違って、私は今日子さんと親切守との通話を、ちゃんと録音していた。だから聞き間違いということはない――はずだが、何度も確認し直してしまったくらいだ。

間違いなかった。

じゃあ、今日子さんの言い間違いということは？

……ただ、同じようなことを思って、半信半疑で紐サンダルを履かせてみたら、今日子さんの足下でシューズが信じられない輝きを放った経験をしたところだ。

素人判断を挟むべきではなかろう。

変に工夫をすると、持ち帰ったコスチュームが、親切守から受け取ったものではなく、私が購入してきたものだとバレてしまう……。今日子さんにはもう、私のノーセンスは知られている。

そんなわけで、迷いを持ちつつも、ハイクラスブランドの値段を信じて、港へと戻ってきた——なので、『すんなり』というのは嘘だ。

そして『沖へと向かう大量の、海上保安庁の巡視艇』というのも嘘だ——大量のというのは大袈裟だった、実際には五艘くらいである。

だけどこちらについては別に見栄を張ったわけではなく、本当にそれくらい、絶望的な光景に見えたのだ——実際にはこうしてその輪の外にいるにもかかわらず、それでも、完全に包囲されてしまったかのように。

無駄な抵抗はよせと、耳元でそう囁かれているような光景だった。

「洋上に監禁するというのは、まあまあいいアイディアだと評価して差し上げますけれど、逆に言えば、ご自身も閉じ込められているようなものですからねえ――逃げ場はあってないようなものです」

と。

深淵を覗く者がまた深淵から覗かれているように、堤防付近の物陰に潜んで、監禁場所――私の船が、どうにか見えないものかと目を凝らしていると、そんな私の様子を、更にテトラポッドの物陰から見ていた誰かから、声をかけられた。

いや、深淵とか、そんな格好いいものじゃない。

棒立ちになってただただ呆然としている、顔色が紫になっているであろう犯人に、名探偵が後ろから声をかけてきただけのことである――白髪の忘却探偵。

67点のコスチュームを着て、丸一日ぶりに上陸した忘却探偵だった。

「まあでも、あなたがたまたまご不在のときに救出してもらえてよかったですよ。修羅場は苦手でしてね」

今日子さんは笑顔でそう言ったが……、それは、たまたまか？　私が買い物に手間取っている間に、今日子さんが救出されたというのは……。

巡視艇？

私がいない間に、今日子さんが呼んだ……？　拘束を自力でほどいて、連絡を取った？　いや、携帯電話はちゃんと携帯しているし、通信機器のたぐいは、元々船上に備えていない。甲板に出たとしても、偶然通りかかった船に大声で助けを求めるくらいしか……、ならば結局、私は偶然に負けたのか？

そうは思えない。思いたくないというのもあるが――それだったらまだ、あの通話中、今日子さんが親切守に、何らかの符丁で居場所を知らせ、親切守が警察に通報したと考えたほうが妥当だ。

だがこの妥当さは、新たなる疑問を生む。

ふたりに暗号で会話されることを警戒しないほど、私も暢気ではない。私は暗号解読の専門家ではないが、今日子さんと親切守の間に、そんな関係性がないことは確認済みだ――彼女と彼は、毎朝が『初対面』である。

だから、互いの間だけで通じる暗号なんてものはない……、あったとしても、それは眠るたびにリセットされる。『お洋服を持ってきてください』という要求が、『船で監禁されている』を意味するだなんて複雑な暗号を、即興で作れるはずもない――作れるのだったら、そばで聞いている私にだってわかるはずだ。

第一、海は広いのである。船に監禁されていると言っても、それだけでは候補から、地球上から、陸地面積分の三割しか除外できない。

監禁されている今日子さん自身、自分がどこにいるかなんて、わかりっこないはず――

「船の揺れを誤魔化すための安楽椅子もまた、まあまあいいアイディアでしたが、でも、どうせ周囲を海に囲まれて脱出できないんですから、エンジン音なんて気にせず、船は動かしっぱなしにしておいたほうがよかったでしょう。『動く監禁場所』であるメリットを活かせなかったのは、誘拐犯として大きなマイナスです」

指摘されれば、その通りと言うしかない手抜かりだ――だけど、洋上である時点で、私はその事実を今日子さんに隠すほうへと思考をシフトさせてしまった。

しかしそれが致命的な失敗だとまでは思わない。不明な監禁場所を、いたずらに動かし続けるのだって、リスクじゃないのか？　安全な海域にずっと停泊させておくのだって、決して悪いアイディアじゃ……。

「いえいえ、船だからこそ、現在地がわかるんですよ。だって元々、水兵さんとか海賊さんとかの技術ですからね――星空から座標を特定するというのは」

……私を蹴って、甲板に躍り出たときか。

舳先で天を仰いでいたのは、脱出経路がないことに絶望していたわけではなく、単純に星々の位置を確認していただけか。手を開いて腕を伸ばしていたのは、護身術の構えではなく、自分の身体を測量機代わりにしていたのか……、船であると気付いた次の瞬間に、そんな計算に入るなんて、なんて切り替えの速さだ——最速の探偵。

さすがに悠久の歴史を持つ天体の動きは、一日やそこらでは、リセットされない……、これで今日子さんが現在地を把握した理由はわかった。その夜、雨が降っていなかったからである。聞いてみれば至極真っ当というか、さして意外でもない、ありきたりな方法でさえある——ただただ無茶苦茶スピーディだっただけだ。

だが、それをどうやって親切守に伝えたかは、引き続き謎のままだ——謎はこのまま、謎のまま?

「……で、今日子さんはどうしてここに? 救出されたのなら、警察に保護され、事情聴取を受けている頃のはずでは?」

なるだけ平静を装いながら、私は今日子さんのほうを向いた——いつまでも未練がましく、海を見ていても仕方がない。

巨大な証拠品として押収されるであろうヨットを、転売して経費を最小限に抑えるプランは放棄せざるを得ないとして……、今日子さんはなぜ、警察官の護衛付きではなく、こうして単身で姿を現した? いや、それを言ったら、そもそも姿を現す理由がない。

「そこはそれ、はばかりながら、備忘録によると私は名探偵みたいですからね。謎解きはさせておいてもらおうかと思いまして」

「謎……解き？」

「はい。普通、謎解きはクライアントに対してするもので、犯人に対してするものではないのですけれど、あなたのことは特別扱いしてあげたくて。なにせあなたは、私が一度は敵と認めた相手ですので」

今はもう、私の敵ではない。

そう見限られた気分だった——それは不思議なもので、肩の荷を下ろした気分とそっくりだった。

そうだ、肩の荷と言えば。

「今日子さん、あの、これ——仰っていたコスチュームなんですが」

私はショップ袋を差し出した。それぞれ違う店で、丁重に梱包(こんぽう)されているので、それなりにかさばる。

まあ、今日子さんがこうして船を下りているということは、謎解きとやらの内容がどういうものであれ、推理にコスチュームが必要だなんて言葉がまるっきりの偽りだったことは証明されたわけで、翻(ひるがえ)ってこれらのショップ袋は、最初から彼女には必要ないものだったわけだが、しかしこの際、犯罪計画と同様にこれらも手放して、楽になりたい。

「これはこれはご丁寧に、ありがとうございます。お気遣い、痛み入ります」

爆弾かもしれないのに、今日子さんはあっさり受け取ってくれた——そして袋の中身を確認する。

じっくりと吟味して、

「ではこれらのアイテムは、部屋着として使わせていただきますね」

と、今日子さん。

こちらこそお気遣い痛み入る、生傷に。

3

上司から要請を受けた『お洋服』の、シルエットどころか色さえ見当もつかなかった僕は、まず言われていた色見本帳を探すところから始めたわけだが、それは意外な場所から見つかった。

パソコンの中だ。ネット検索でさんざんお世話になったノートパソコンだが、それは広大な知識の網の中にではなく、ハードディスクに保存されていた——その名も『フォルダ名・色見本』。

そのまんまで、至極(しごく)わかりやすい。

開いてみれば、それぞれ細かくファイル名がつけられていて、目当ての色名をクリックすればいかにも色見本っぽい細長い画像が開き、それがどんな色なのかを視認できる。フォルダの中にファイルは千個以上保存されていて、その膨大な数量にはうんざりさせられたが（理論上、色というのは無限にあるのだったっけ……）、今日子さんから言われた通りの色を探す。

ターコイズブルー。オーキッド。鶸色。

なんだかそれぞれのカラーが、思ったよりも派手な印象だった。この時点で少し首を傾(かし)げていたのだが、実際、その色見本に従って、今日子さんのウォークインクローゼット……、と言うか、衣装部屋に這入って、色の数だけあるんじゃないかというような『お洋服』の中から、言われた形状のものを引っ張り出してみると（まさしくお蔵出しという感じだ。書庫と同じようなルールで分類されていると気付いてしまえば、言われた通りの服を見つけるのは、そんなに難しくなかった）、僕の不安ははっきりとした形をなした。

んん？　これ、ダサくないか？

一品一品はそうでもない……、と言うか、エレガントな風にも思えるのだが（婦人服を褒めるセンスは僕にはない。資格も）、組み合わせてみると、おのおのがおのおののいいところを殺し合っているような印象だ。

勝負服でないと力が出ないだなんて、魔法少女みたいなことを言っていたけれど、今日子さんがこのようなちぐはぐなコーディネートを組み立てているところを、僕は見たことがない。

確かに今日子さんは、同じ服を着ているのを誰も見たことがないほどファッショナブルではあるものの、一応の傾向はある——基本的には『さりげなさ』のようなものをまとっているとでも言うのか。

衣装部屋からのセレクトを間違えてしまったのか、それともそれ以前に、僕が上司からの指令を聞き違えてしまったのか？

後者のほうが可能性は高そうだ——記憶はどんどん薄れていく、それに、徹夜明けで、緊張状態も続いていて、あけすけに言うと、今の僕は相当眠い。

やはりどこかで仮眠を取るべきだったのか？

タイムリミットの午前十時は刻一刻と近付いてくる——犯人と接点が持てるというなら、それは確実に何かしらのチャンスになるはずなのに、このままではその機会を活かせそうにない。

とにかくやり直そう。僕の勘が、これは違うと告げている。警備員としての勘ではない、住み込みの勘だ——毎朝今日子さんを送り出す者として、このようなコーディネートは看過できない。

はっきり言って、今日子さんがこの格好で出掛けようとしたら、身体を張って止めるレベルだ。やいのやいのうるさいと言われても、絶対に止める。テーブルの上に並べて、離れた位置から評価する限り、シルエットが悪いとは思わないから、色を間違えたのかな?

下手をすればレディースの品名以上に、なじみのない色ばっかりだったから……、もう一度、『フォルダ名・色見本』を見直してみるか。

メモを取ることを許されなくとも、ファイル名を一覧で見続ければ——網羅すれば、限界を迎えつつある僕の海馬辺りが刺激を受けるかもしれない。

期待通りのことは起こらなかった。ただ、見続けているとファイル名ではなくデータ——表示される画像が、どうやらコンピュータで作成したものではなく、三次元の世界で撮影された、実際の生地の写真であることがわかった。

まあ、同じ色でも、土台となる生地次第で見えかたも変わってくるから、こうあってしかるべきなのかもしれないけれど、こんな手作り感あふれる色見本——生地見本の作成はさぞかし大変だっただろうと思うと、鳥肌が立つ。

ここまでのこだわりに裏打ちされて、今日子さんのファッション力は堅持されているのかと、ぜんぜん関係ないことに感心した——駄目だ、思考が方向性を維持できない。感心したり、感じ入ったり、受動的で楽ちんなパターンを選んでしまう……、批判的精神を持たなければいけないわけでもないのだが、上司からこんな混沌（こんとん）に叩（たた）き込まれたことを、むしろ責めるくらいの気持ちでいないと、意識が保てなくなってきた。

　正直、パソコンの前で何度か、『がくんっ！』と寝落ちしかけた——夜、眠る前にディスプレイの光を見ると、熟睡できなくなるという説のほうが一般的だが、僕は逆に、こういう画面を見ていると、眠くなってしまうのだ。電気的な光のせいというより、意識が散漫になってしまうからだろう——にもかかわらず、昨日の夜から首っ引きでディスプレイに向かいっぱなしなのだから。

　いっそプリントアウトしようか？　プリンターがぱっと見当たらないあたり、いかにも置手紙探偵事務所という感じだが、あれは電話やファクシミリと同じく、業務上必要な機器なので、どこかにはあるはずだ——だいたい、このような色見本、元々製本されていてもいいくらいなのに。いちいちパソコンを立ち上げるより、そっちのほうがよっぽど……。

　よっぽど一覧性が高いのに、色見本帳がパソコン内に保存してあるのはどうしてだ？　そして、服を選ぶための色見本なのだから、生地の写真を撮影することで作成するのは妥当だと納得しかけたけれど、それって本当に妥当なのか？

　あくまで二次元である写真じゃあ生地の手触りや、着心地なんてものはわからない……、見えかただって違うだろう、正直、そんなに解像度のいい写真でもない。色見本帳はどうしたって基準でしかないのだから……、この通りである必要もない、むしろ服の生地で作ったほうが、本来の役割からズレてしまいかねない。

僕の眠たい頭でもわかるそんなことが、今日子さんにわからないはずもないのだが……、色見本をプリントアウトしなかった理由、画像を写真撮影で作った理由。

いかにも色見本っぽい細長い写真――畜生。

あと一時間早く気付けた。

そうすればあと一時間早く眠れたのに。

ウォークインクローゼットの中でウォークしなくても済んだ……、だが、それでも、気付けたことは僕にしては上出来だ。

パソコン内に保存されていたフォルダ。

色見本であり、生地見本――は携帯電話で撮影した写真だ。細長い四角形、長方形なのは、色見本っぽいのではなく、ディスプレイの形なのだ。今はスクエア撮影というのもあるらしいけれど――形状は、しかし、気付きの入り口でしかない。

重要なのは、これらの生地写真が携帯電話で撮影されたものならば、画像そのものの他にも、データ内に含まれている情報があるということだ――部屋にいながらにして、旧車の目撃情報を必要以上に収集できるような昨今のプライバシー事情を鑑みれば、それは基本的にはオフにしておくことが推奨される機能ではあるが——位置情報。

これらの写真には位置情報が含まれている可能性がある——いや、絶対に、間違いなく含まれている。

今日子さんなら。

だから色見本はパソコンに保存されているのだ……、ええと、写真を地図上で表示する方法は？

ネット検索だ。

僕は金輪際（こんりんざい）、ネット頼りの知識なんて現実世界では役には立たないなんて聞いた風なたわ言を口にしないことを誓いながら、集合知の力を借りて、これでもかとばかりに眠気を誘うディスプレイに、地図を呼び出す。

当たり前だが、日本地図で事足りると思っていた——どころか、都道府県内の地図で事足りると思っていた。

だが、ここでアクティブにすべきはなんと世界地図だった……、今日子さんお手製の色見本帳に保存された千枚以上の生地写真が、世界中に分散する形で表示された。

まるでモザイクアートのように、写真を寄せ集めて世界地図の形を作ったような絵面だった……、これ、『作るのはさぞかし大変だっただろう』どころの騒ぎじゃないぞ？　紛争地域も含めた世界中を旅しなければ成り立たないような色見本だ……、ある意味、究極の記念写真集とも言える。

見とれている場合じゃない。

ここまでくれば、今日子さんがあの電話で、僕に伝えようとしたことはわかる——服を選別するに当たって色見本を見ろとそれとなく、しかし確実に強調していたのは、要請した服の色から、今日子さんが現在地を知らせようとしていたからだ。

犯人に脅されながらも、飄々と、むしろ堂々と、忘却探偵はビーコンを発していた……、むろん、疑問がひとつ生じる。

疑問と言うより、不自然な矛盾点。

だが、それを考えるのは後回しでいい——いや、考えようとも思わない。今日子さんが無事に戻ったら本人に直接訊こう。僕には、特に徹夜明けの僕には、すべての矛盾点を考慮することは不可能だ。せいぜい、あとひとつくらいしか考えられない——生地写真がそれぞれ位置情報を示すなら、どうして今日子さんは、三色もの生地を指定した？

誘拐犯が今日子さんに、どこに監禁されているかを伏せていることは想像に難くない——だから忘却探偵とて、さすがに現在地を特定しきれず、三通りの可能性を伝えた？　三枚のナンバープレートのように？

だが、指定されたそれぞれのカラーの生地写真の位置情報を確認して、そうではないとわかった――いくらなんでも散漫過ぎた。

一枚は北アメリカ大陸の一都市、一枚はユーラシア大陸の一都市、一枚はオセアニア大陸の一都市に表示されていたからだ……、いくら特定できないと言っても、候補がこうも点在するわけがない。気候条件が違い過ぎる。僕だって、目を瞑って、エアコンの利いた室内にいたって、それらの三都市の区別はつく。……エアコンが利いていたら無理か？

とは言え、そうじゃなくっても、さすがに今日子さんが海外に監禁されているとは思えない……、そんなグローバルな犯罪組織に誘拐されたなら、僕なんかじゃあ手も足も出ない。知恵も出ない。

今日子さんの現在地が判明すれば、大手を振って日怠井警部に連絡できると思っていたのだが……、結局、また三分の一の確率にかけるのか？　その中に正解がありそうもない、単純な数学の三分の一に？

旧車の目撃談を絞り込んだときのように、少しでも情報量を減らしたくて、僕は世界地図上に表示された千枚以上の写真のほとんどを表示オフにし、指定された三枚の生地写真だけを残した。それでどうなるという予感もなく……、実際、どうにもならなかった。

最初から一貫してあからさまだった。

これも単純な数学だった——ただし、三分の一ではなく、三点だった。

三角形の定義だ。同一直線上にない三点を結ぶことでできる図形——なので、バラバラである必要がある。

三点を線で繋いで、三辺にする。

北アメリカの一点とユーラシアの一点とオセアニアの一点を繋ぐことで生まれたのは、綺麗な正三角形だった。いや、さすがに厳密に正三角形じゃあなく、誤差はあるのだろう……、大体、地球は丸いわけで、その表面に正確な正三角形を描くのは無理がある……、正三角形になるかどうかなんて地図の種類にもよるのだから……、しかし、いわゆる一般的な、日本でよく見る世界地図の上に、ただの三角形ではなく、正三角形（らしきもの）が現れたことは、間違いなく偶然ではない。

そして、学生時代のかすかな記憶に頼れば、正三角形の特徴は……、そう、重心と外心と内心が一致すること。

だが、もしもその一致点が今日子さんの現在地だとするなら、どうして単純に、その点の位置情報をくれなかったのだろう——一色で一地点を示せば、あんなちぐはぐなトータルコーディネートになることもなかっただろうに。

そのコーディネートをあえて乱すことで、色見本を見直すように僕をコントロールしたのか……、いや、今日子さんは探偵であって神ではない。守銭の神ではあるかもしれないにせよ……、そこまで人を、都合良く操れるわけじゃない。

そうじゃなくて——色の不具合を遺憾に思いながらも、それでも三点を示すことで、今日子さんは一点を示すしかなかったのだ。

監禁されているのが海だから。

世界中を旅しようと、海ではつぶさに位置情報を取得できないから——三色で示された正三角形のど真ん中の一点は、ぎりぎり日本の領海内の、太平洋上にあった。

つまり——わかった！

今日子さんは、潜水艦で監禁されているのだ！

終章　白の帰宅

潜水艦ではなく船舶だったが、僕の通報を受けた日怠井警部の迅速な働きによって、今日子さんは予想通りの地点で保護された――『自力での脱出』とは言えないにせよ、忘却探偵自身が脱出経路を切り開いていたことで、この件が名探偵が犯罪者に拉致されたというお間抜けエピソードになる展開も回避された。

犯人が欲していた、十億円以上の価値がある機密情報は漏洩することなく、事件は解決したわけで、守秘義務絶対厳守の看板も守り通せた。

ただし誘拐犯――保護時に船を離れていた誘拐犯、『高中たか子』は、逃亡し、その後行方不明になっている。それについては、あまりおおっぴらには言えないけれど、今日子さんがわざと逃がしてあげたんじゃないかと、僕は疑っている。

珍しいことじゃない。職業探偵の今日子さんは、犯人を見逃すことがある。特に、被害者が自分自身だった場合は。

許しの精神に基づく寛大な対応というわけじゃない。

お金にならない犯人は捕らえない、ただでは事件を解決しないという、お金の奴隷としてのスタイルだ――いつか『有料の犯人』として、再び自分の前に現れることを見越しての放逐と言ったところか。

　そんなわけで。

「ただいま、守さん！　会いたかった！」

「違います違います。僕達、そういう間柄じゃないです」

　掟上ビルディングに帰宅するなり、出迎えた僕の肩口にハグしてきた今日子さんを、どうにか引き離す。

「あら残念。冷たいんですね、私のボディーガードは。鉄でできているのかしら」

　などと、すねたように唇を尖らせているが、まあ、心配をかけた部下に対する気丈ぶった冗談なのだと解釈しておこう——彼女の操の堅さを信じて、旧車のドライバーが男性ではなく女性だと決めつけた者としては、そう簡単に抱きつかれては困るのだ。推理の根幹がぶれる。

　そして何より、感動の再会を分かち合うには、今の僕は眠た過ぎる。話によると、今日子さんも僕と同じくらいとは言わないまでも、かなり長時間覚醒し続けているらしいが、元気溌剌といった感じだ——それとも、徹夜明けのハイテンションだろうか？

　どちらにしても僕はボディーガードとして、今日子さんの帰宅も確認したことだし、少し早いが、寝かせてもらうとしよう。

おっと、その前に。

棚上げにしてあった矛盾点を解決しておかなければ――今後の警備計画を、根本から立て直す必要があるので。

「今日子さん、ひとついいですか？」

「なんなりと。ボーナス査定以外の話でしたら」

よくそんな釘が刺せるなあ。まさか抱きついてうやむやにするつもりだったのか。

「あの色見本で示した位置座標の件なんですが――」

「はい。気付いてくれて助かりました」

「気付くのが遅かったくらいだと反省しています。だけど、どうして今日子さんは、ノートパソコンの中に保存してある色見本の存在を、覚えていたんですか？」

今日子さんは誘い込まれた旧車の中で、一服盛られている――あるいは、催眠ガスでも使われたのか、手段はリセットされてしまって不明だが。

だが、そこが不明なら、その以前の記憶――朝、家を出る前に、パソコンなりスマホなりで仕入れた『最低限の記憶』も、リセットされたはずだ。色見本に仕込まれた暗号だって、諸共忘れていなければおかしい――このことは、協力者の日怠井警部にも話していない。

もしも今日子さんの記憶の中に『リセットされない』なんて部分があるのだとすれば、それこそ、忘却探偵のアイデンティティに関わってくる——色見本、暗号表の存在のことはもちろん、千枚以上の色の配色のみならず、配置まで記憶していて、何が忘却探偵だという話になりかねない。今回はなんとかことなきを得たが、同じ目的で忘却探偵から機密事項を引き出そうとするならず者が現れたときに、『忘れているから』という言い訳が通らなくなる。

「ええ。そこを感付かれるとまずいので、誘拐犯さんには、謎解きを装って、適当な嘘をついておきました。守さんにはテレパシー能力があるとかなんとか」

まあまあの嘘をついているな。

たぶん、本当はもっと巧みに言いくるめたのだろうが……、ただ、そんなやりとりがあったなら、今日子さんが犯人をわざと逃がしたという僕の予測にも、一定の説得力が生じそうだ。

うふふと今日子さんは微笑んで、「でも、守さんには真相を話しておかなければならないでしょうね」と続けた。

「私を救出するためにこんなにも骨を折ってくださって、それなのに昇給も要求しない、素敵な警備員さんなんですから」

昇給は絶対要求する。

僕は労働者の権利のために戦う……、ところで真相とは？

「勿体ぶるほどの真相はありませんよ。私が色見本の暗号を考案したのは、ティーンエージャーの頃でしたから」

「じゅ、十代の頃にこんなことを考えてたんですか？」

今日子さんの忘却体質は、生来のものではなく、記憶がリセットされるのは七、八年前までという説を聞いたことがある。つまり、それ以前にプランニングした暗号表だから、一日や二日分の記憶がリセットされても、まったく影響がないわけだ——眠るたびに記憶が消去される体質だからこそ、忘却探偵としてたぐいまれなる才覚を発揮しているとばかり思っていた掟上今日子は、どうもそれ以前から、ただならぬ才能を発揮していたらしい。

「まあ、私のことですから、こういうときのために、たぶんどこかでそのアイディアを実行して、どこかに保存してあるだろうと思いまして——保存してなければ、また別の手を考えるだけですしね」

脱出プランも網羅主義。

実際のところ、『会ったこともない』僕に、今日子さんがどれくらい期待をかけていたかというのは未知数だ——僕自身は渾身の推理が奇跡的に実ったという風に自惚れていたけれど、今日子さんからしてみれば、数ある駄目元の脱出案のうち、ひとつが実ったくらいの感覚なのかもしれない。

普通はその駄目元ができないのだが。

「納得していただけましたか？」

「あ……、はい。納得しました。してないけれど、しました」

「それは何より。ふう。ところで、私の留守中、何か変わったことはありました？」

「……いいえ、特に何もありませんでした」

「それも何より。では私も、シャワーを浴びて寝かせていただきたいので──守さんのご活躍をいつまでも忘れたくないところですが、眠気には勝てません」

「ええ──僕も、休ませていただきます」

二億円のベッドで。

引っかかっていた矛盾点が解消され、これで安心して眠れると思っていたのだが、しかし入眠するまでの間、僕は新たなる不安要素にぶち当たってしまった──ティーンエージャーの頃の今日子さんが考えた暗号表。

しかし携帯電話で撮影した写真に含まれるのは、位置情報だけじゃない……、撮影した日付や時刻も記録される、いわば情報の宝庫だ。忘却探偵の過去は謎に包まれているが、あれらの千枚以上の画像を分析し、彼女がいつ、どこで活動していたのか──何年何月何日の何時何分の所在地を突き止めれば、そのビッグデータから、謎の包みが解き明かされてしまうんじゃないだろうか？

　僕程度のテクニックでさえ、誘拐犯の正体に辿り着けてしまう情報化社会だ――危険要素は排除しておいたほうがいい。

　画像に含まれる位置情報を変える方法はわからないが、日付を変更する作業くらいは僕にだってできる。起きたらすぐに取りかかろう――そう思いながら寝たのだが、僕は最速の警備員ではなかった。

　翌朝、事務室のノートパソコンを立ち上げてみると、『フォルダ名・色見本』は、復元の仕様もないくらい、綺麗さっぱり消去されていた――ちまちま日付を変更するどころか、大胆に、存在ごとデリートされていた。

　何者かの手によって。

　いや、何者かなんて、考えるまでもない。謎めかすまでもなく謎めいた探偵に決まっている。

　ついでに言うと、ベッドの下のアタッシェケースも、シャワーホースの中の防水用紙もなくなっていた……、シャワーホースの清掃はシャワーを浴びたときだとして、ベッド下の整理整頓はいったいどうやった？

　どうあれ誘拐され、ようやく帰宅したというのに、休養を取るのではなく、『次の今日』

に向けての後始末を済ませるとは、さすが最速の探偵、対処が速い。『明日起きたら』なんてのんびりしたことは考えない——今日子さんには、今日しかない。

どれもこれも一度きりの備忘録——僕が知ってしまった以上、二度と使えない暗号表の色見本。

やれやれ、信用されて嬉しい限りだ。

もちろん今日子さんは、用意した暗号を消したことさえも忘れてしまうわけで、次に誘拐されたとき、同じ手段を使おうとしても、その脱出の試みは失敗に終わることになる。そんなリスクを承知した上で、今日子さんは自分の過去に繫がるデータを消去することを選んだ……、忘却探偵であり続けることを選んだ。秘密を守り続けることを選んだ——保身よりも守秘。

いいだろう、どうせ次なんてない。

そんな今日子さんを、僕が守るだけだ。

あとがき

作中でも親切守さんが言及していますけれど、一般的に七色と表現される虹は、厳密に言えば七色ではなく無限の色を持つとか、地域や文化圏によっては五色だったり六色だったり八色だったり九色だったりするそうで、ものの見えかたは人それぞれという話でもあるんですけれど、確かに実際に虹を見てみても、『七色と言えば七色？』くらいの認識しかできないような気もします。『七色と言えば七色』と言いますか、『七色と言われたから七色』と言いますか、まああえて反論するほど七色じゃなく見えているわけでもないというくらいの、消極的な賛成と言いますか。ひねくれてみると、ある種『七』という数字がキリがよくて、ラッキーセブンっぽいから根付いた定義という風にも見て取れます。人間が瞬間的に認識できる数字は平均して七つまでという風にも言いますし、『虹は七色』説は、わかりやすいところで決着をつけたのでしょうか？　諸説ならぬ七説くらいありそうなところですけれど、しかしながらこれは虹や色に限った話でもなく、世の中、だいたいのことは『わかりやすい定義』や『理解の及ぶ分類』にカテゴライズすることで、些細な違いを丹念に切り落としてしまっているきらいもあります。血液型はA型B型AB型O型の四種に分類できる——なんて言うけれど、実際にはもっと細かい分類があるとか、十二星座には実は十三個目の蛇つかい座が——はやや違いますが、まあなんかそんな感じで。名探偵！　と言ったところで、これまであらゆるミステリーで描かれてきた名探偵像にはおおの結構な違いがあって、同日に語ることは本当は難しいんじゃないかと思いつつも、そこまで細かいことを言うとうるさ型だと思われかねないので、さらっと『同じく名探偵』だということにしてしまったり。喜怒哀楽と言いますけれども、人間の感情がたった四種類にわけられるのかというような話でしょうか？　もっとも、これは四種類でもわけ過ぎで、感情は快不快の二種類しかないというような考えかたもあります。『虹は七色なんじゃなくて虹色なんだよ』というようなものですか。

そんなわけで忘却探偵シリーズの最新作は誘拐ものです。誘拐されているのは名探偵のほうなので、正確な定義では誘拐ものではなくなっている気もしますが、長編では久し振りの親切守さんの語り部だったので、書いていて楽しかったです。このふたりの関係（主従関係？）については、短編のほうが詳しいのですけれど、そちらはいつか『掟上今日子の乗車券』というタイトルで単行本にまとめていただけるのではないかと推理しています。隠館厄介さんや警部さんから見る今日子さんとは、また一味違う今日子さんをお届けできたのではないかと。そんな感じで『掟上今日子の色見本』でした。

ＶＯＦＡＮさんに描いていただく表紙の今日子さんのヴァリエーションも色のように尽きませんね。ありがとうございます。次回作は『掟上今日子の五線譜』になりますのでよろしくお願いします。

西尾維新

初出———本作品は、書き下ろしです。

西尾維新

1981年生まれ。第23回メフィスト賞受賞作『クビキリサイクル』（講談社ノベルス）で2002年デビュー。同作に始まる「戯言シリーズ」、初のアニメ化作品となった『化物語』（講談社ＢＯＸ）に始まる〈物語〉シリーズなど、著作多数。

装画

VOFAN

1980年生まれ。台湾在住。代表作に詩画集『Colorful Dreams』シリーズ（台湾・全力出版）がある。2006年より〈物語〉シリーズの装画、キャラクターデザインを担当。

協力／全力出版

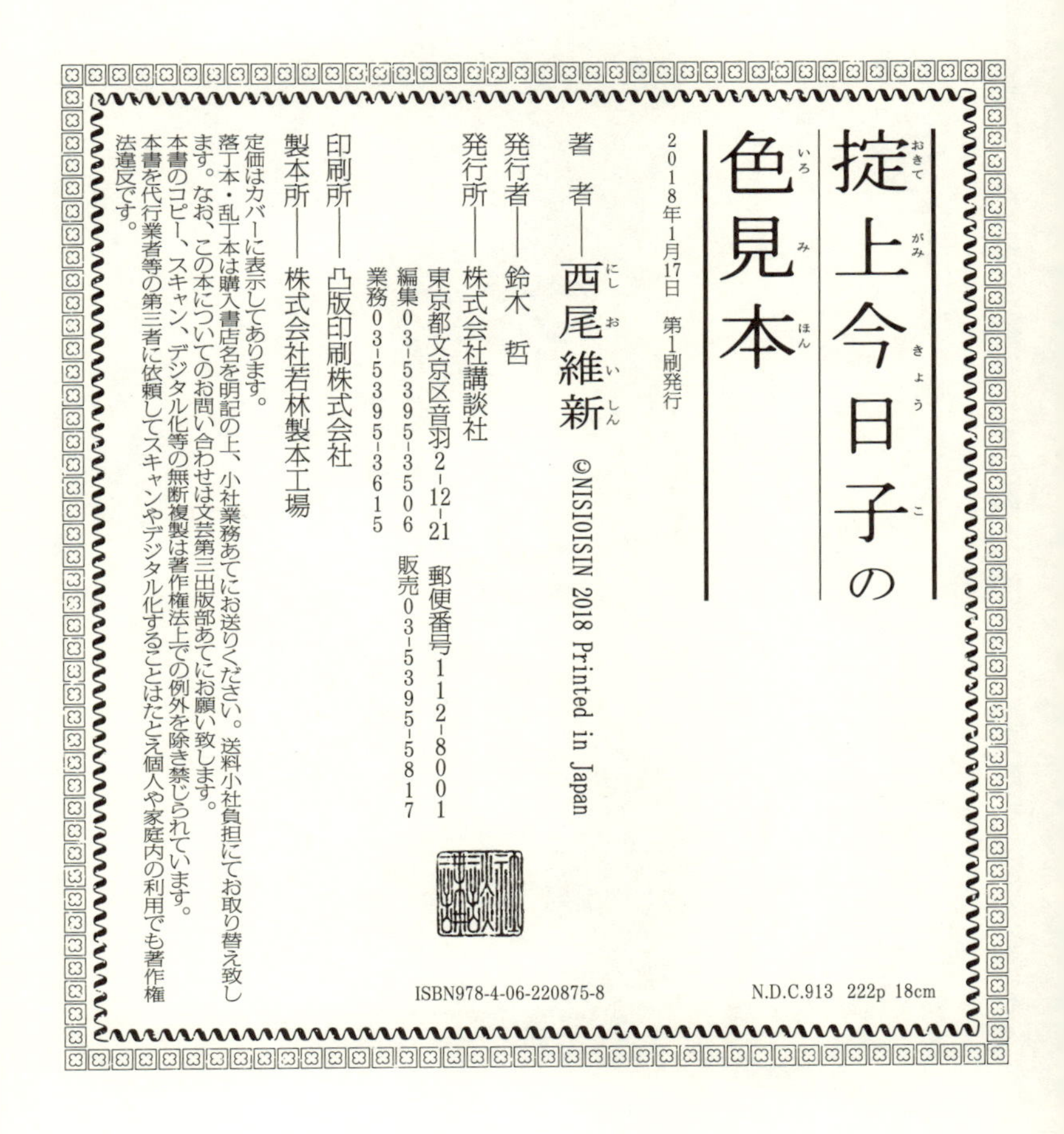

掟上今日子の色見本

２０１８年１月17日　第１刷発行

著者――西尾維新

©NISIOISIN 2018 Printed in Japan

発行者――鈴木 哲

発行所――株式会社講談社
東京都文京区音羽２-12-21　郵便番号１１２-８００１
編集０３-５３９５-３５０６　販売０３-５３９５-５８１７
業務０３-５３９５-３６１５

印刷所――凸版印刷株式会社

製本所――株式会社若林製本工場

ISBN978-4-06-220875-8　N.D.C.913　222p　18cm

忘却探偵シリーズ第11弾、
2018年夏発売予定！
掟上今日子の
五線譜
Illustration / VOFAN
西尾維新
NISIOISIN
講談社
忘れられないメロディが
……ありましたっけ？
電子版も
同時配信！